青梅竹馬絕對不會輸的戀愛喜劇

[作者] 二丸修一 [插畫] しぐれうい

CONTENTS

NAME
志田朱音
NAME
志田蒼依
「……」
「……」
OSANANAJIMI GA ZETTAI NI
MAKENAI
LOVE COMEDY

NAME
大良儀紫苑
在白草家從事女僕的工作，
個性強悍的遜咖美少女。
視末晴為眼中釘。
NAME
惠須川橙花
黑羽國中時的朋友，
擔任學生會副會長。
正經貼心的協調者。

青梅竹馬絕對不會輸的戀愛喜劇

OSANANAJIMI GA ZETTAI NI
MAKENAI
LOVE COMEDY

7

[作者]
二丸修一
SHUICHI NIMARU
[插畫]
しぐれうい

Kadokawa Fantastic Novels

序章

＊

令人顫抖的寒風冷颼颼地吹著。枯葉飄零，落在校園發出陣陣乾響。

早晨，朱音在校舍出入口打開鞋櫃以後，便發現室內鞋上頭擺了一封信。

朱音拿起信封，試著端詳表面。可以看見寫有「志田　朱音收」的字樣。

「什麼嘛，原來不是把我誤認成蒼依才放的。」

「朱音，妳這麼說有點傷人……」

換完室內鞋的蒼依擺出苦瓜臉。

「誰教我對這沒興趣，要拒絕也嫌麻煩，寧可是給妳的。」

「朱音，對方鼓起勇氣才放了信，我覺得妳注意一下口氣比較好……」

「但我說的是事實啊。蒼依，還是說有誰放的信會讓妳收到覺得開心嗎？妳收到的情書比我還要多吧？」

「啊……啊哈哈，這不太方便提……」

蒼依別開視線，然後苦笑。

朱音進一步逼問。

「蒼依，我曉得，上週妳被受歡迎的學長告白了，對不對？」

「咦！」

「因為妳拒絕了，喜歡那個學長的女生就在背地裡說妳壞話吧？反正都要拒絕，沒有人告白還比較樂得輕鬆。原本以為妳能體會我這種想法……」

「朱音，在這裡談那些不好啦……」

校舍出入口不知道有誰會聽見她們倆交談——蒼依似乎是這個意思。

朱音也理解她話中的道理。

「……好吧。啊，幫我拿一下。」

由於朱音要換室內鞋，就把信封遞給蒼依。

於是蒼依發出「啊」的一聲。

「原來寫信給妳的是間島學長。」

「妳認識他嗎，蒼依？」

「他是滿有名的學長喔。妳看過吧，就是梳飛機頭，走在路上總是一副凶樣的那個人……」

「是、是他啊……」

朱音聽見了飛機頭這個詞才明白。

在這所六條國中只有一個人會梳飛機頭。

「之前在校門跟老師發生過口角的人。」

「對，就是他。感覺好恐怖……因為他講話用詞很粗魯，我會有點怕……」

蒼依將音量壓低，跟朱音講起悄悄話。

蒼依不太會說別人壞話，即使要說也偏含蓄。

因此要是把她剛才的發言轉換成一般人的版本，可以將對方視為「講話非常粗魯」、「會讓她怕到不行的一個人」。

「哎，無所謂。反正我只會拒絕他。」

「妳、妳要小心喔……要不要我陪妳一起去……？」

蒼依的聲音在發抖。明明內心感到恐懼，卻拚命鼓起勇氣想提供助力。

「沒關係，我又不怕他。妳在旁邊露出畏懼的模樣，感覺反而會刺激到對方。」

「咦、咦咦！是、是這樣嗎……？」

「是啊，沒錯。所以不用妳陪我。」

蒼依原本顯得提心吊膽，但不久就放鬆了。

「我知道了。但妳要小心喔。」

「我懂。」

她們倆一面前往教室一面繼續對話。

「朱音，說來妳好堅強喔。像我被告白就不知道怎麼應對……每次收到情書都覺得難過。」

「為什麼會難過？」

「因為寫信的人都會表示他們非常喜歡我啊，但我沒辦法回應對方的心意，這會讓我感到過意不去……」

「無法接受就是無法接受，妳才不需要難過。那只是告知事實而已。」

「啊哈哈，真像朱音的作風……」

她們聊過這些以後，就在教室前面分開了。

於是到了放學。

朱音叫蒼依先回家，還自己去了信裡所寫的校舍後面。

梳飛機頭的學長——間島在那裡等著。

單純站著就有威迫感。那肯定不只是飛機頭或上揚的眼角所致，個頭之高應該也有影響。

間島比朱音高了三十公分以上。他還滿身肌肉，手臂也粗，兩個人只看身影的差距幾乎像父女一樣。

「啊，朱音妳來啦。我從以前就覺得妳不錯，跟、跟我交往吧。」

魯莽的講話方式。

對朱音來說，間島講話會舌頭打結很令人意外。

不過，那只是言行與看似粗暴的外表相反罷了。

並不屬於會讓朱音因此有好感，或者應當另眼相看的特質。

（哎，無所謂。）

反正拒絕交往就好。既然彼此沒什麼可說，發現對方跟印象中稍有差別，也算不上多要緊的事。

當朱音如此心想而準備開口的瞬間，有某些話從腦海浮現。

『一向追求合理性的妳，或許會認為接吻不算什麼大不了的事。但是因為我的私事而剝奪妳的初吻，就未免太過意不去。所以我不能做這種選擇。要接吻的話，我希望妳能保留給自己真正鍾愛的人。』

之前，末晴對朱音講過這樣的台詞。

就男性以年長大哥立場所給的建議來想，一般或許是可以給予高分數。

然而——

「保留給自己真正鍾愛的人」。

其他人說也就算了，偏偏這句話是出自末晴的口中，朱音內心不得不對這樣的事實感到有疙瘩。

（晴哥只把我，當成妹妹看待……）

為什麼？試著思考以後，原因很明顯。

是年齡差距的關係。

這無從彌補。十年後，也許四歲的差距就顯得微不足道，當下有大幅差距卻是不爭的事實。

（希望晴哥多看看我……）

希望他把我當成一個女生——當成重視的人——對我投以許多歡笑——我想跟他一起聊開心的話題——

（為了達成這些，我該怎麼做……）

這時候，朱音心裡萌生了一個主意。

她抬起臉，淡然告訴對方：

「我明白了。」

「……咦？表示……妳答應跟我交往嗎……？」

「不對。我明白你說的意思了，但我想要一點時間思考。」

「所以說，我有機會嘍？」

「我想要時間。」

朱音只是如實說出目前的想法，間島卻欣喜得令人吃驚。

「好耶～～！真的假的！居然能聽見廣傳難以把到手的妳說這種話！」

「……我叫你等一段時間，有這麼讓人高興嗎？」

「畢竟妳都是被告白就立刻拒絕，甚至還因為這樣被取了『自動失戀裝置』這個外號。」

「什麼外號？我第一次聽說。」

「哎，本來都準備好被妳打回票了，沒想到可以獲得保留，看來我也不是省油的燈嘛！」

間島彷彿樂翻了，還雙手扠腰高聲長笑：「哈哈哈～～！」

朱音莫名感到不愉快，卻也無法收回自己說過的話。

「……我想要時間是事實。」

她頂多只能這樣嘀咕。

（也罷。這樣我就有契機跟晴哥講話了……）

沒錯，這才是朱音真正的目的。

跟末晴之間存在的年齡差距——

想彌補這一點，重要的就是彼此講話的時間吧。

（從數據來考量，我多少也有魅力才對……）

既然會像這樣被男生告白，照理說魅力應該並非為零。

（當然，我想自己還是輸給黑姊、碧姊和蒼依……）

朱音本身就有自覺，她根本無法理解何謂身為女性的魅力。

男女間的微妙情愫也讓她搞不懂。

但現在不能再跟以前一樣，因為不懂就擱置。朱音已經有了這樣的想法。

（晴哥受歡迎到有女生為他組粉絲團……要是他開始跟別人交往，肯定不會多看我一眼。所以我剩下的時間不多。我的長處是有能力思考，儘管我對魅力沒有自信，只要加以研究並持續改進的話，應該就有獲勝的機會……）

而且更重要的是——

（我想跟晴哥講話——也想更接近他——）

朱音已經壓抑不住這樣的心意了。

「那事情就談到這裡……請多指教。」

朱音跟對方這樣交代過後便轉過身。

「啊，糟糕！」

如此的聲音傳到了她耳裡。

看來有其他學生看見了他們剛才的互動。

在校舍轉角可以看到有學生逃離而去的背影。

對方專程跟到校舍後面來偷看，朱音無法理解這究竟有什麼樂趣，但因為是常常發生的狀況便沒有放在心上。

「好耶～～！」

在朱音剛才停留的地方，間島還在欣喜叫好。

無從理解的朱音發出了嘆息。

第一章 蒼依的煩惱

＊

那天，我為了迎接跟往常一樣來打掃的黑羽，正在家裡煮咖哩。

可是在來訪時刻的十分鐘前，黑羽突然打了電話給我。

『小晴，我跟你說，其實——』

簡單來說，就是我跟黑羽的交情受到銀子伯母懷疑了。

從銀子伯母的立場，似乎不介意我跟黑羽感情和睦。

可是年輕男女會在晚上兩人獨處，她身為家長無法坐視不管——事情便是如此。

（的確……銀子伯母說得對……）

青梅竹馬的女方每週來男方家裡幫忙打掃——原本光是這樣就相當稀奇，甚至到了聽者有心也會產生遐想的地步。

不過以往我們沒做過任何虧心事，因此都可以靠「因為是青梅竹馬」、「我們小學時還一起洗過澡呢」這樣的調調打馬虎眼混過去。

然而，自從黑羽變成【青梅女友】後，我們相處的氣氛就變了。

『青梅女友的事，應該並沒有在媽媽面前露餡。可是為什麼會這樣呢……』

「我是沒什麼自信，不過可以讓我講講自己的推測嗎？」

『什麼推測？』

「小黑，妳打掃完回去以後，有沒有心情特別好的時候？」

我會這樣推測，是因為黑羽來打掃而情調不錯的日子——哎，單純就是情調不錯，彼此倒沒有多大的接觸——她離開我家時都會表現在外。從玄關目送黑羽離開，就可以看出她腳步格外輕快，簡直都要小跳步了，能明顯感覺到她心情有多好。

銀子伯母很敏銳，因此她立刻察覺有異，打探情況後也許就掌握了「黑羽心情好時就是跟我情調不錯」的結果。

仔細想想，黑羽今天在學校時心情大好。

『今天是打掃的日子耶～～哎喲～～！真沒辦法～～畢竟小桃學妹的問題也解決了，要不要久違地提起勁做個打掃呢～～』

她甚至還像這樣跟我搭話。

或許銀子伯母就是從這裡察覺到的。

『………………………………………………有可能。』

黑羽嘀咕了一句，然後沉默不語。

『假如是這樣，感覺好難為情……』

黑羽無力地透露出心聲。

雖然隔著手機，但我曉得她臉紅了。

「是喔，那我得自己打掃嘍……而且咖哩也吃不完，怎麼辦好呢……」

眼前的鍋子正咕嘟咕嘟地發出滾沸聲。我為了跟黑羽一起吃而煮的咖哩。鍋裡面的量有四人份。這是考慮到隔天還要吃，我平時都煮這麼多。

不過一個人吃四人份實在太多，就算每天吃也有限度。

現狀是再煮一會後放進咖哩塊就好……或許將一半挪去煮濃湯會比較妥當。

『啊，這部分不要緊，因為蒼依和朱音會代替我去。』

「嗯？她們兩個願意來嗎？」

『對呀。畢竟放著不管，小晴家裡就要變成垃圾山了。是朱音志願幫忙，光她一個會讓人擔心，所以就多找了蒼依協助。』

「哎，說來是令人感激啦，不過她們兩個沒問題嗎？」

『朱音在成績方面無可挑剔吧？再說她也離開社團了，所以有空閒，偶爾為之嘍。蒼依則是課業與社團都能兼顧，所以不會讓人擔心。』

「是喔，那就好。」

聽到黑羽無法過來了，坦白說我鬆了口氣。

我並沒有不想跟她見面的念頭。這是因為我內心有所迷惘。

——發生之前那件事，使我意識到真理愛了。

我聲稱把真理愛當成妹妹，現在卻發現自己已經將既堅強又勇敢的她視為一名女性了。

或許從旁人的觀點會覺得這不過是「啊，這樣喔？」的小事。

在我內心卻屬於一樁大事。

更重要的是——我沒有臉見黑羽。

黑羽願意坦承她喜歡我，我也喜歡黑羽。

但受到初戀之毒侵蝕，我無論如何還是會在意白草，所以現狀說起來像是她們倆在等我釐清心態。

而我在這種時候意識到了真理愛。

就因為這樣——

（罪惡感超重的啦～～～～！）

當然我並沒有變得討厭黑羽！我喜歡她，也有意識到她！

不過——

（我未免太廢了啊～～～～～！）

這根本是外遇者的邏輯……雖然說內心是無法上鎖的，但我自己都覺得過分……

總之我內心滿是對黑羽的愧疚之意。

今天，黑羽相隔許久要來打掃，我會感到不安就是因此所致。萬一兩人獨處，黑羽向我展開了追求的攻勢，我大概也會因為罪惡感而遲疑。

所以我聽到蒼依和朱音要來，便慶幸自己多了一點整理心情的時間。

『……小晴，你是不是聽到我沒有要過去，心裡就稍微鬆了口氣？』

心驚的我差點叫出聲音，只好拚命壓抑住喉嚨。

受不了，這就是交情長久的可怕之處。我的心思都被摸透了。

「沒有啊～並不是妳說的那樣耶～」

『…………算了，不跟你計較。』

總覺得我被黑羽完全看透了……

這樣下去不行。我必須進一步釐清自己的意向，還有喜歡的是誰，否則在黑羽面前自然不用說，對白草與真理愛也很失禮吧。

『那我妹妹要麻煩你關照嘍。』

黑羽交代完便掛了電話。

「……呼～～」

感覺才一下子就好累。

跟黑羽講話時而快樂、時而愧疚，心情總像坐雲霄飛車一樣。

簡直熟得任何事都能靈犀相通的青梅竹馬關係，令人安全放心又斬不斷的孽緣……以某方面來說，這與刺激位處在兩個不同的極端。

然而自從黑羽向我表示心意還被拒絕以後，我們經歷過告白祭、廣告比賽、沖繩的攝影旅行、製作紀錄片、粉絲團成立這些事，情況已經有了大幅變化。我自己就受到逐步改變的關係以及態度積極的她們幾個擺布折騰，始終不知道如何是好。

——叮咚～～

門鈴響了。

我先關掉爐子的火，然後前往玄關。

「歡迎。」

我帶著笑臉迎接，就看見可愛的雙胞胎站在一塊。

「晚安，晴哥。我們來打掃了。」

「噢，謝啦，朱音。」

「包在我身上。」

話說完，朱音的眼鏡亮了一下。

銳利目光是高知性的證明。雖然朱音一如往常缺乏表情，因為彼此交情長久，我可以看出她拚勁十足。

朱音不知怎地睜著大大的眼睛，還默默盯著我。

「朱音，我臉上有沾到什麼嗎……？」

「啊……沒有，沒什麼。」

她這麼回答以後就甩了甩髮束，把視線從我身上移開。

朱音屬於情緒起伏少的性格，然而，最近她漸漸會露出各種表情了。

尤其讓我印象深刻的是羞澀的表情，與孤傲的氣質形成了反差，從我以前就認識朱音的觀點來看，便能體會到她已經是個青春期的女生。

朱音的臉原本就長得清秀端正，現在居然會露出這種表情……真不敢設想她將來要迷倒多少男性。

「晚安，末晴哥。突然跑來你家，真是對不起。」

「說什麼啊。是我要請妳們打掃，還讓妳們向我道歉就怪了吧？」

「啊哈哈，也對。」

蒼依綁著俏麗的雙馬尾，圓滾滾的眼睛與溫吞的微笑是她的特色。

從她用視線往上望著我有什麼反應的舉動隱約可以看出她有多心怯，然而心怯是含蓄清純的證明。彷彿有負離子從她的微笑產生，讓觀者獲得療癒。

蒼依跟朱音是雙胞胎，性格與吸引人之處卻恰恰相反。不過我敢說這個女生同樣是將來不知道要迷倒多少男性的大器。

如今在我眼裡，蒼依的微笑好像蒙著一層陰影。

「小蒼，難道妳身體不舒服嗎？」

「啊，沒有的。」

「總覺得妳的臉色也不太好。」

我這麼一說，朱音就推了推眼鏡，並且盯著蒼依看。

「真的耶，亮度大約比平時暗了一・〇。」

「原來朱音可以從亮度判斷他人臉色……」

「與其用顏色胡亂形容，我這樣更能精準地研判。」

「哎，滿像妳的風格。」

當我苦笑以後，朱音就把臉轉到一旁。

奇、奇怪……？不知道這是怎麼了。她顯然在避著我……難不成，我做了什麼會讓她討厭的行為嗎……？

「朱、朱音，妳怎麼——」

「請問，末晴哥，我們可以進去屋裡嗎？」

蒼依問了這麼一句，我才察覺所有人都杵在玄關。

「好、好啊，抱歉！尤其小蒼看起來似乎不太舒服！外面會冷吧，總之妳們都先進來！」

一瞬間，朱音顯得安了心。

反觀蒼依好像就輕輕按住了自己的胃……不過她大概察覺到我正在看，就立刻對我回以天使般的笑容。

總之為了招待代替黑羽來的她們倆，我去了廚房。

*

平時黑羽來幫忙打掃的這段期間，我都會用功讀書。

這算是一種有人在旁監視的讀書環境，因此比我獨自在家時更能讀進腦子裡，然而要把家務都交給小自己四歲的兩個女生還只顧自己讀書，難免會讓我心痛。

「今天我也一起來打掃。」

之前蒼依代替黑羽來的時候，我曾經把打掃工作交給她，但是那碼歸那碼。我認為在讓人請吃飯時，主動表示要付帳也是一種禮節，所以就先主動提議了。

「啊，請末晴哥去讀書吧。」

「我跟蒼依就是為此過來幫忙的。」

「但這樣還是對妳們不好意思……」

「真的沒有關係喔。」

「晴哥，我想為你盡一份力，所以希望你能專心讀書。」

被她們這麼說，我覺得不接受好意比較失禮。

因此我點頭答應了。

「那麼……不好意思，拜託妳們嘍。」

「好的，末晴哥，我從一開始就是這麼想的。」

「交給我。」

朱音夾緊雙腋，並且點頭。

（畢竟小蒼有實際代打過的成績，應該沒問題。但我擔心朱音付出的拚勁會不會白費……）

因此，儘管我在客廳翻開了參考書，心思卻無法專注，都偷偷在觀察雙胞胎打掃的模樣。

「蒼依，衣服讓我來洗。」

朱音在盥洗室的洗衣機前說道。

「朱音，妳洗過衣服嗎？」

「沒有。但是我做過功課，所以才想幫忙洗。」

蒼依一臉苦笑。她流露的氣息顯示出……拚勁過頭的朱音令人憂懼。

蒼依謹慎地告訴她：

「那麻煩妳把要洗的衣物收集起來好嗎？我會拿吸塵器打掃屋裡。使用洗衣機需要留意，所以妳要用的時候叫我一聲，我們一起操作。」

「嗯，好。」

朱音挽袖以後就離開了盥洗室。

我躲在客廳死角，朱音則直接經過我身旁，走向二樓。她應該是打算從我房間將要洗的衣物收過來吧。

「朱音，我能體會妳對末晴哥的心意……」

蒼依杵在盥洗室，還把手湊到胸前嘀咕：

「假如我也能坦然面對自己的想法，為末晴哥盡一份力就好了——」

她越說越小聲，到最後我沒能聽清楚。

蒼依忽然抬起臉。

從客廳探出臉偷看盥洗室的我因而跟她對上目光。

「…………」

「…………」

「……末晴哥，你聽見了？」

蒼依的聲音好像有點顫抖，但我被她那有勇氣的台詞所感動，就帶著笑容回答：

「嗯，對啊。小蒼，妳真是個善解人意的女生。」

「唔唔唔唔唔唔唔！」

「咦咦！有必要這樣做反應嗎！」

蒼依帶著又羞又怒的表情朝我走過來。

「末、末晴哥……剛才聽見的事情，你不可以跟任何人說喔……」

明明滿臉通紅，眼睛卻發直……沒看過這種表情……這下我可不能違抗……

「我、我明白了，我跟妳約定。」

「那就好。」

「……順帶一提，妳說不能把聽見的事情講出去，那看見的事情可以說嗎？」

「！」

目光溫和的蒼依頓時睜大了眼睛。

「討厭～～！末晴哥，那些統統都不能說，難道你不懂嗎！討厭～～！討厭～～！」

她伸掌不停拍打我的手臂。

我知道她相當生氣，不過她似乎不想弄痛我，實際上我一點也不痛。

「啊啊，對不起啦！我想說保險起見才向妳確認的！」

「……真正的心聲是？」

「希望多看妳做些新鮮的反應。我並不後悔。」

「請末晴哥悔改！」

我又挨打了。蒼依平時就清純可人，但稍微惹她生氣的反應更可愛，這樣才讓我為難。

「蒼依，妳過來一下！」

從二樓傳來朱音的呼喚聲。

蒼依離開我身旁，脾氣卻好像發洩得不太夠。她蹙起眉頭瞪我，然後就別開臉……好可愛。

她腳步匆匆地上了二樓。

等到聽不見爬樓梯的腳步聲後，我便偷偷跟過去。

至於為什麼要「偷偷」跟過去？畢竟朱音慌張的語氣讓人好奇，而我剛剛才惹蒼依生氣，所以如果沒有多了不起的狀況，我是打算直接回客廳的。

蒼依似乎已經進了我的房間。

我移動到房門前，從走廊偷看房裡。

「蒼依，妳看這個。」

「朱、朱音！」

「噗！」

朱音高舉在手上的是我的四角褲。

我不禁從嘴裡噴出聲音。由於蒼依在同一時間也噴出來，所幸我沒被她們發現。

「妳、妳怎麼會拿著那件褲子！」

「它掉在地上。」

「要、要說的話，末晴哥房裡確實是會有他的衣物掉在地上啦……」

蒼依用雙手掩著通紅的臉，朱音卻依然面無表情。我那件四角褲被她得意似的舉在面前。

（這、這下怎麼辦——）

我陷入苦惱。

現在該闖進房裡嗎……還是該觀望狀況……我也不希望胡亂闖進去刺激她們倆……到底要怎

麼辦才好……！

「朱、朱音！妳想做什麼啊！」

蒼依代我道出內心的疑問。

當我守候著事情發展時，朱音偏過頭，語氣絲毫不改地嘀咕：

「這件褲子，可以跟其他衣物一起洗嗎？」

「……咦？」

「因為這容易髒，我在想能不能跟其他衣物一起洗。說不定也可能要分開來洗，所以我想說要問過妳的意見才行。」

「哦～～」

蒼依隨之乏力。我也有同感，甚至暗自發出嘆息。

「呃，我覺得跟鮮豔的衣物一起也不會有問題吧？」

蒼依似乎振作起來了，可是她刻意從朱音面前別開臉。這是朱音到現在仍舉著我那件四角褲所致。

不過……有別於剛才，也許是蒼依稍微習慣了，感覺她頻頻瞄著我的四角褲……哎，這部分應該不方便吐槽吧……

「蒼依，妳想看的話，要不要看得更仔細一點？」

我剛覺得不好開口，朱音就直說了！

蒼依從脖子逐漸紅到頭頂。朱音則舉著四角褲彷彿要她看清楚。

糟糕，我完全錯失出面的時機了……

「朱、朱音！那、那樣不可以！」

「看了又不會少塊肉，沒關係的。蒼依妳沒興趣嗎？」

「這、這個嘛……雖然不能說是完全沒有……」

「趁現在晴哥不在，等一下立刻就要拿去洗也不會留下證據。」

「是、是嗎……？那我或許也想看一下……」

妳們這樣不行啦～～！

我很想吐槽，卻提不起勇氣開口打斷討論正熱烈的雙胞胎。

「不不不，還是不行啦……可是，只用手摸的話……倒也……」

「蒼依，其實我發現了一件事。」

「什、什麼事……？」

蒼依湊了過去。

朱音則淡然嘀咕：

「妳可以把臉靠近一點，這樣就會聞到跟衣服不同的味道——」

「朱音，妳不可以這樣～～～～！」

「朱音，妳不能這樣教小蒼啦～～～～！」

聲音重疊了。

雙胞胎在房裡凝望著從走廊大喊的我。

（尷、尷尬了……）

尤其蒼依已經一副快哭出來的表情。

總之，我決定先說明自己出現在這裡的理由。

「因為妳們倆一直沒有下樓，我才過來看看狀況……」

「末、末晴哥，你聽我說！這、這是因為……」

蒼依甩亂了雙馬尾想要辯解。

朱音卻連眉頭都沒有動過一下。

「抱歉，晴哥。但是我想做個分析。」

「分析什麼啊！」

「男性跟女性的差異。體味也是其中一項。」

「不不不，那樣不太好吧！」

「我已經分析過自己跟爸爸的差異。」

「糟糕，這樣好難吐槽……」

「但是爸爸跟晴哥又不一樣。晴哥的體味會讓我想要多聞一點……黑姊也說她喜歡聞晴哥的味道，當中或許有什麼理由……」

「唔唔，青春期的女生實在太難應付……」

糟糕，反而是我開始覺得害羞了……！

朱音那種冷靜的態度跟學者或醫生是一樣的。彼此觀點相差太大。

於是蒼依對我伸出了援手。

「末晴哥，請交給我吧。」

「小蒼……我明白了。」

蒼依用力點頭以後，稍微擺起了姊姊的架子開口：

「朱音，那種話不可以隨便說出口喔。」

「為什麼？分析很重要。」

「可是，假如末晴哥拿了妳的內褲聞，妳會有什麼感覺？」

一瞬間，房裡的時間停住了。

（蒼依大概是打算靠交換立場的方式讓朱音認知到現況……）

我明白她的想法，以手段來說也沒有錯。

但這個具體的例子糟糕過頭了。

「……原來如此。我做了很羞恥的事。對、對不起，晴哥……」

透過蒼依的捨身開導，朱音似乎能理解狀況了。

「噢、噢噢！妳別在意！」

我立刻這麼回話，內心的動搖卻實在掩飾不盡。

朱音往上瞟著我的臉色，紅著臉說：

「不、不過晴哥想試的話，**我可以把內褲給你。**」

「我收下那個東西的話，肯定要被警察抓了啦～～！」

我聽得都頭大了。

朱音大概是心慌了。證據在於，她的眼睛正咕嚕咕嚕轉。

不過朱音的腦袋應該還持續運作著。

她接著這麼說：

「不然……**就拿蒼依的代替。**」

我跟蒼依都噴出聲音了。

「狀況根本沒變嘛～～～～！」

「朱音，妳不可以那樣～～～～！」

＊

（剛才真是不得了……）

儘管發生了許多問題，打掃和洗衣還是勉強完成，我們三個人正在用晚餐。

「小蒼，咖哩好吃嗎？」

末晴哥向我搭話。

我在內心鞭策自己，擺出了笑容。

「啊，是的，很好吃！不愧是末晴哥！」

「這樣啊，太好了。」

看來或許是我的臉色不好，才讓他為我擔心了。

儘管過意不去，我還是很高興末晴哥對我付出的關心。

「朱音，最近在學校過得怎樣？」

末晴哥用湯匙舀起咖哩，然後問道。

「不怎麼樣。並沒有變化。」

「妳說並沒有變化，那平常妳在學校過得開心嗎？」

「並不開心，最吻合的形容是乏味。教課進度慢，我又離開社團了，沒什麼事情可以做。」

「對喔，妳很會讀書……」

末晴哥也知道朱音的成績有多好，所以傻眼歸傻眼，他好像還是能理解。

「不過既然有機會上學，最好要過得開心。妳不打算參加其他社團嗎？」

這大概是末晴哥的正題──他真正想問的事情吧。

末晴哥肯定是擔心朱音在學校過得順不順利。

「……目前沒有我想參加的。」

「這樣啊。之前妳是參加輕音樂社吧？那從音樂方面找相關性，妳對管樂之類沒興趣嗎？」

「我去觀摩過一次，可是那裡有種很難讓人中途加入的氣氛。還有我想學樂器，卻不想跟大家合奏，所以就覺得算了。」

「是、是嗎……那妳的朋友呢？」

「我有蒼依就夠了。」

「但是妳跟小蒼不同班吧？」

「反正我平時不會想跟別人講話。想講話的時候，我只要去找蒼依就好。」

「唔、嗯～～……」

只見末晴哥的臉色逐漸蒙上陰影，彷彿他內心的擔憂不幸成真了。

沒錯，朱音有這樣的特質。

她不想跟任何人來往。那並非好惡所致，基本上她對外人都不感興趣。

然而對朱音深感興趣的人卻相當多。

朱音似乎認為自己屬於「我行我素且文靜，又不起眼的人」。

這當中到「我行我素且文靜」為止應該都是正確的。然而要說她是「不起眼的人」，就斷然錯了。從朱音的規格來想，那是不可能的。

首先朱音有傑出的頭腦，不只是比別人聰明一點，而是智商超群。因此那超群的程度當然不可能默默無聞，包含老師、學生在內，幾乎所有人都曉得朱音有多麼優秀。這樣不可能不勾起別人對她的興趣。

何況還有「志田四姊妹（Colorful Sisters）」的影響。具體來說，就是身為黑羽姊姊和碧姊姊的妹妹會受到眾人注目。

黑羽姊姊文武兼修，在男女生之間都相當受歡迎，還是在國中三年級時當過學生會副會長的模範生，因此所有老師從當時就記得她。另外，目前讀三年級的學長姊們也都記得，兩年前曾有她這位文武兼修的漂亮學姊，所以很多人都認得黑羽姊姊。

碧姊姊也同樣廣受歡迎。她的運動神經出色，個性又熱心，而且處事爽快乾脆，跟黑羽姊姊是在不同族群的男女生之間有許多朋友。

而我與朱音身為她們倆的妹妹，難免也會成為眾人的話題。

再加上朱音本身可愛得只要從身旁經過，就足以讓人將視線轉過來。

在我聽過的傳言中，男生們似乎都說朱音「態度冷冷的部分非常棒」……坦白說，我不太懂意思。

在男生間受歡迎，也會被女生注意，但是朱音根本都不理睬。然後她這種率性的特質又造成讓男女雙方羨妒交加的結果。

具備這麼多過人條件，實在無法形容成「不起眼」吧。

如今朱音就算一個人獨處，與其說那是「孤獨」，應該有更多人會視為「孤傲」。

然而「孤獨」與「孤傲」只有一線之隔。

因此我跟末晴哥一樣，都會擔心朱音。

「朱音，我也是從之前就覺得，妳在班上多認識幾個可以講話的人會不會比較好呢？」

我低調支持末晴哥的意見。

朱音卻冷冷地說：

「不需要。除了必須講的話，其他都沒有意義。」

「唔唔～～……小蒼，那妳呢？在學校過得開心嗎？」

末晴哥大概是認為找不到突破點，就把話題拋給我。

我帶著笑容告訴他：

「是啊，好在我有朋友，過得很開心。」

「社團活動呢？記得妳是參加美術社吧？」

「對。美術社算是滿悠閒的社團，因此學長姊都很和氣，相當難得。」

「朱音，妳對美術社沒興趣嗎？」

「沒興趣。畢竟有蒼依在，從她那裡聽到的狀況固然跟其他社團不同，並不會讓我感到排斥，但我沒有參加的意願。」

「唔唔～～……」

末晴哥又沉默下來了。

我可以體會到末晴哥是由衷希望朱音能度過快樂的學校生活。看見他這麼用心，我的心跳就不自覺地加速。

（……這樣不可以。我不禁看末晴哥看得入迷了。）

回神以後，我連忙將視線落在湯匙上。

話題聊完了，導致我們三個都默默地吃著咖哩，結果最先吃完的朱音就盯著末晴哥看。

「那個，晴哥，我有事情想問你。」

「什麼事？」

末晴哥拿了水喝。

朱音則是身子前傾，兩束低馬尾隨之晃了晃。

「晴哥有喜歡的人嗎？」

「噗————！」

末晴哥把水噴了出來。

（朱、朱音真厲害……居然敢直接這麼問……）

我確實會想知道這一點……

畢竟之前發生過黑羽姊姊的事情……光從沖繩旅行看到的來想，末晴哥似乎把可知學姊放在心上……感覺他跟桃坂學姊距離也很近……唔唔，胃好痛……

「晴哥，你怎麼說？」

朱音始終都有話直說。

但好像就連她都在緊張，手微微發著抖。

「呃，這、這個嘛～～」

「你說不出口？」

「也、也是啦！抱歉，讓我保密一陣子！」

朱音被末晴哥這麼一說，也就沒辦法逼問。

「……我明白了。」

朱音鼓起腮幫子。那是她心情不好的證明。

末晴哥彷彿精疲力竭地垂下了肩膀。

「不過沒想到朱音會問這種事……難道妳有了喜歡的人？」

「！」

朱音的臉染上紅暈。

我在內心吶喊。

（末晴哥你怎麼笨成這樣～～～～～～！）

事發突然，差點感到窒息的我按住了胸口。

（怎、怎麼可以這樣反問嘛，末晴哥！像這種時候應該要察覺朱音對自己有好感，如果無法回應就換別的話題啊！即使沒有察覺她對自己有好感，也不能拿這樣的問題問青春期女生啦！）

我開始頭昏腦脹。完全跟不上這兩個失控的人。

朱音露骨地把臉別開，並且嘀咕：

「……沒、沒有。我只是問問看而已。」

「這樣啊。抱歉抱歉，我的目的並不是要讓妳害羞。朱音，話說妳從以前就對他人興趣不大吧？所以嘍，我身為當大哥的覺得妳如果有了喜歡的人是件好事。」

「……好事？」

「對啊。畢竟有喜歡的人，就表示對他人感興趣吧？因為妳們家是四姊妹，感覺會難以理解男性的心思。有必要諮詢的話，我也可以陪妳討論戀愛方面的問題。」

我聽得都頭大了。

（末晴哥講話十分溫柔，而且動聽——卻也糟糕到了極點……）

朱音喜歡的是末晴哥。然而末晴哥居然說要陪她做戀愛諮詢，這就形同說自己對她並沒有興趣。當下朱音幾乎等於被甩了。

我窺伺狀況，發現朱音低垂著目光。

不過她立刻抬起臉，並且毅然地說：

「真的可以嗎？」

「嗯，當然可以。之前解決粉絲團的問題，我也借了妳的智慧嘛。我是站在妳這邊的喔。」

「那、那麼，其實我有事想跟晴哥討論……」

「咦，真的假的！」

「不行嗎……？」

「沒有，我不是那個意思，只是有點驚訝……」

我同樣受到了驚嚇。

朱音要找末晴哥做戀愛諮詢……？

事態應該可說是超乎想像吧。

「小蒼也在場，不要緊嗎？」

「嗯，蒼依的話沒關係。晴哥你一邊吃一邊聽我說。」

「好，我了解了。」

我不懂朱音的用意，卻有了負面的預感。

而且擔憂隨之應驗了。

事情越往後談，我的臉色就跟著越漸蒼白。

「朱音，原來間島學長告白之後，妳保留了自己的答覆嗎！」

「嗯。」

朱音輕輕點了頭。太過震撼的局面卻讓我感到目眩。

「小蒼，看妳那麼擔心……難道妳認識對方？」
「呃，是的……因為間島學長在學校是被稱為頭號不良學生的人……」
「這、這樣啊……」
末晴哥的臉蒙上了陰霾。他或許在遲疑要不要深究，就換了個話題。
「朱音，妳常收到情書嗎？」
「差不多每個月一封。」
「現在的國中一年級還真開放耶……印象中，我以往都沒有收過什麼情書……」
「晴哥沒收過嗎？那、那麼，要不要我寫給你……？」
朱音的臉變紅了。
啊，這句話聽似若無其事，但是對朱音來說，已經將心意表示得非常明顯了。
或許朱音的想法相當於「寫情書=坦言自己喜歡對方」。不過照話題的走向——
「不用啦，這種東西就算讓妳做人情也沒有意義……」
末晴哥果然是如此解讀……
朱音嘛起嘴說：
「我討厭晴哥。」
「欸，別討厭我好嗎！感謝妳的心意，可是我覺得收了女生出於人情才寫的情書，會讓自己心境更淒涼耶！」

朱音顯得不服氣，卻沒有再多說什麼。

末晴哥則是聳了聳肩。

「唉，不過我自己說要陪妳做戀愛諮詢，卻有一種不可思議的心情……可愛的小妹受男生歡迎是值得高興，然而從小跟在自己身後的女生懂得談感情了……造成的衝擊比想像中大耶……」

「我才沒有多受歡迎。蒼依收到的情書更多。」

「朱音！」

想隱瞞的事情就這樣被隨口爆料，使我臉紅了。

「我有隱約察覺到，果真是這樣啊……」

「那、那個，末晴哥，我根本就沒有多受歡迎……」

我不習慣聊這一類的話題。即使別人說我受歡迎，也會讓我難為情。有的人會因為獲得青睞而驕傲，我卻不太能理解。

畢竟別人對我寄予多少善意，我就希望自己能回報多少。但對我付出戀愛方面的情感，我並沒有意識過末晴哥以外的人，就沒辦法回報對方。因此別說引以為傲，我甚至會覺得內疚。

這讓我——感到煎熬。

我之所以避免讓自己顯眼，這也是原因之一。我只希望誠心誠意地面對自己重視的每一個人，有陌生人對我寄予關注是會造成困擾的。

「噢，抱歉，小蒼，我沒有要為難妳的意思。那我們把話題帶回去吧。」

末晴哥察覺到這是我不習慣聊的話題，就立刻為我設想。像他這種細膩的心思，我好喜歡。

「朱音，妳在意那個寫情書的傢伙嗎？」

「與其說在意……」

朱音瞄了瞄末晴哥的臉色。

末晴哥當然沒有發現那道視線所蘊含的心意。

「我想針對戀愛做研究。所以——」

「研究啊。朱音，妳想了解對方嗎？」

「嗯？……不太想。但是我希望對戀愛有所了解。」

「嗯～～……」

末晴哥交抱雙臂，陷入沉思。

朱音應該是想引起末晴哥的注意，就採取了在收下情書後對寫信者保留答覆的手段。

一般想引起注意，正常來說應該會假裝對寫信者有意思。不過朱音到底是朱音……她講話都是誠實的。

末晴哥應該也馬上就理解朱音對寫信者沒有戀愛情感了吧。

苦思到最後，他明確地告訴朱音：

「朱音，那妳最好確實拒絕對方。妳對那個男生沒意思卻假裝有意思，我認為是不好的。」

「那麼反過來說，假如我有意思就不必甩掉他了嗎？」

「我、我想那要視時間與狀況而定……但妳有意思的話就不必甩掉對方吧？」

「那為什麼晴哥和黑姊要甩掉彼此呢？」

「噗！」

末晴哥把水噴出來了。

朱音真厲害……毫不介意就踏進我不敢介入的問題……

「你們對彼此沒意思嗎？但是你們互相告白過，到現在也還很要好——」

「停！麻煩妳將這個話題打住，朱音……」

末晴哥伸出了右手。

「啊，好的，我明白了。」

「…………」

末晴哥按著自己的胃趴下來……請節哀……

「朱音，我們把話題帶回去。」

心傷似乎還會痛，但末晴哥勉強振作起來清了清嗓。

「戀愛有許多形式，然而對不喜歡的人假裝有意思是一種謊言。我覺得妳讓對方空歡喜一場是不好的。」

「謊言……嗯，確實是這樣。」

「假如妳有一點點意思，我本來還想建議妳找機會跟對方出去玩，藉此認識對方……但這次並不是這樣。既然妳沒有那種意思就趁早拒絕。」

「……我明白了。」

我發出安心的嘆息。幸好末晴哥告訴朱音要明確地拒絕。

原本我最怕的是朱音失去分寸。

比方說，要是末晴哥只有含糊表示「隨妳高興就好吧」，事情也可能發展成一團亂。

朱音將為了製造與末晴哥討論的話題而與間島學長約會——對學長不感興趣的朱音當然會冷漠應對——對方因而勃然大怒，或者動粗——我無法斷言不會發生這種事。

但現在這樣的話，朱音就會照著末晴哥的建議，在回絕告白後讓事情結束才對。

「我吃飽了。」

末晴哥雙手合十嘀咕：

「朱音，妳剛才說想了解戀愛，但我認為那並不是想了解就能夠了解的喔。」

「……是這樣嗎？」

「我想也有人一生都無法真心喜歡某個人，反過來講也會有不想喜歡任何人卻還是情不自禁的人。要說的話，戀愛之情大概就是這樣吧。」

「晴哥的意思是，不能用邏輯來看？」

「對。說真的，戀愛是不講邏輯的……」

現在末晴哥肯定是在想黑羽姊姊或者可知學姊吧。

他帶著遙望遠方的眼神苦笑了。

「哎，我也沒有什麼立場說大話啦，但我希望朱音能談一場不錯的戀愛。」

末晴哥的溫柔傳達而來。朱音就是被他這種特質吸引的吧。

朱音露出不知是感到欣慰或難過的表情。

感覺她對末晴哥沒能察覺到她的心意感到懊惱，但被末晴哥重視又十分開心。

「……嗯，謝謝你，晴哥。我會盡快回絕對方。」

「就是啊，我覺得這樣才好。」

聽到朱音保留對告白的答覆時，我曾經嚇得臉色蒼白，不過如此似乎很快就可以讓事情平息了。

這樣固然是很好——可是末晴哥的微笑已經讓朱音的眼神完全變成戀愛中的少女了……

（朱音原本就對旁人不感興趣，現在眼裡只剩下末晴哥……即使這個話題能就此結束，我看她還是會惹出天大的問題吧……）

想到這裡，我的胃就痛了。

「蒼依，妳怎麼了？沒事吧？」

「嗯，我沒事，朱音，只是胃有點痛而已……」

「那可不好。小蒼，妳在沙發休息一下。呃，我把胃藥放哪裡了……」

「啊，末晴哥，沒有那麼嚴重……」

「反正妳休息就是了。」

聽他這麼說，我不由得感到歡喜。

結果我停用晚餐，移動到沙發上。

於是末晴哥立刻幫我拿了毛毯過來。

「來，蓋上這個。屋內雖然有開暖氣，還是要避免著涼。」

「啊，好的，對不起。」

「……啊，家裡沒有胃藥……感冒藥也不能湊合……」

末晴哥拚命在醫藥箱裡幫我找藥。光是這樣就讓我感到幸福。

「晴哥，我從家裡拿藥過來。」

朱音從座位起身。

「……也好，感覺這樣最快。」

「等一下，朱音，我們家的胃藥也在之前黑羽姊姊做飯時用光了……」

「啊，我都忘了！」

「對喔，我家也是因為這樣才沒有胃樂。小黑下廚居然會連鎖導致這樣的悲劇……唔！」

「啊哈哈，我並沒有大礙，沒關係的，末晴哥。」

我一面苦笑一面打圓場，朱音就拿起了錢包。

「蒼依，妳等著，我立刻去買胃藥回來。」

「朱音，等等，由我去。」

「不，晴哥是這裡的主人，有客人來時會造成困擾。這種時候要由我去買。」

「……好吧。拜託妳嘍，騎我的腳踏車吧。」

話說完，末晴哥把腳踏車鑰匙拋給了朱音。

朱音腳步匆匆地出門。

末晴哥目送朱音離開以後，為了讓視線配合躺在沙發上的我，就跪了下來。

「對不起喔，小蒼。我明明有看出妳的身體狀況不好。」

「末晴哥，你何必道歉呢……反倒是我來你家打擾，弄得要躺下才不好意思……」

末晴哥眉頭一蹙，用手指輕輕彈了我的額頭。

「啊唔。」

不會痛。可是我叫出了聲音。

「任誰看了都知道錯的是我。小蒼，妳從以前就太替別人著想。我們從小一起長大，情同兄妹嘛，妳可以多依靠我啊。」

在我內心有股暖洋洋的情緒沁入深處。

心跳好快，足以讓人蹦起來的喜悅從體內噴發。

（我想多留在末晴哥身邊……也想多跟他聊天……可是，那樣會——）

當我思考到這裡，末晴哥身邊的幾位迷人女性頓時浮現腦海，使我的身體急遽冷了下來。

（即使如此……我還是希望多跟末晴哥聊聊天就好……有沒有什麼話題，是我才能跟他聊的呢……）

煩惱到最後，我曉得自己想出的點子伴隨著風險。

但我想不出其他方案。

「末晴哥，要不要讓我——陪你做戀愛諮詢呢？」

「咦……？」

這應該是一句令他意外的話。

末晴哥眨了眨眼睛。

「剛才，末晴哥不是對朱音說過嗎？你建議也許朱音需要來自男性的意見。不過仔細想想，我覺得末晴哥身邊好像沒有什麼女生能幫忙做戀愛諮詢。末晴哥，你說我們情同兄妹，那我想為你盡一份心力。」

我如此撒謊。

裝得簡直像自己對末晴哥——毫無戀愛的感情。

但我真正的心聲並不是要為末晴哥盡一份心力，而是自私自利地想要知道末晴哥目前感情談得怎麼樣了。雖然盡一份心力並非謊言，可是後者的欲求遠超出前者。

我認為自己是個小人。

但既然知道自己的感情不會有回報，至少請容許我有這點心思——不知道我這麼想是否算一種罪過。

「小、小蒼……該怎麼說呢，那樣對妳不好意思……」

「去沖繩旅行之前，末晴哥不是跟我做過一次戀愛諮詢嗎？那時候你跟黑羽姊姊在吵架，可是有成功和好吧？」

看來他似乎忘了自己找我做過戀愛諮詢。

末晴哥嘀咕了一聲「啊」，然後眨了眨眼睛。末晴哥真笨。

「啊……啊～～我都忘了！當時多謝妳嘍！小蒼，妳的建議有派上用場耶！後來經過東拉西扯，我跟小黑就成功和好了。」

「東拉西扯……」

「抱、抱歉！但那些內容大多屬於不方便明說的隱私……」

這表示末晴哥跟黑羽姊姊之間果然有祕密關係吧。雖然他們似乎並沒有在交往，肯定有性質相近的關係存在。

媽媽已經感受到那樣的氣息，這次打掃才會將黑羽姊姊剔除在外。這樣思考就合情合理。

……胸口好痛。

明明末晴哥和黑羽姊姊拉近距離是值得祝福的一件事……我卻無法坦然感到高興。

侵蝕心房的毒素。這是戀愛之毒。

所以我脫口說出了有一丁點壞心眼的話。

「可是，末晴哥也被可知學姊吸引了吧？」

「咦……？」

「沖繩旅行的回程，在我看來就是這樣。」

「唔——」

末晴哥顯然不知所措了。

於是壞心眼的我——又一股勁地繼續說：

「我並不是懷疑末晴哥對黑羽姊姊的好感，但是看起來……你對可知學姊也放了不少感情，所以我才好奇這部分是經過什麼樣的整理，讓你現在跟黑羽姊姊保持著滿親密的關係。」

「這、這個嘛……」

「當然，只要跟我分享可以說的部分就夠了。今天我看見末晴哥的臉時，有感受到正在煩惱些什麼的氣息，因此我心想如果自己能幫上忙多好。就這樣而已……」

末晴哥搔了搔臉。

「真受不了，小蒼，有事情都瞞不過妳呢。」

「那麼……」

「可以啊，其實我正好想聽來自女生的意見。不方便告訴妳的部分會帶過就是了，行嗎？」

「當然沒問題。那請說給我聽吧，末晴哥——讓我們開始戀愛諮詢。」

然後末晴哥便一點一滴地道來。

『末晴哥跟黑羽姊姊和好了，彼此還有著祕密的特殊關係。』

『之所以沒有跟黑羽姊姊交往，是因為他也將可知學姊放在心上，處於無法說自己百分之百只喜歡黑羽姊姊的狀態。』

『在這種情況下，末晴哥跟桃坂學姊演完話劇，就也把桃坂學姊放在心上了。』

『這使得末晴哥內疚不已而陷入苦惱。』

我全部聽完以後，一口氣吐露了自己的想法。

「你、你說自己又多了一個心上人……末晴哥，我生氣了喔！末晴哥這樣太沒節操了！」

我再次說謊了。雖然我氣得大罵「太沒節操了！」，其實內心並沒有對「同時把好幾個人放在心上」這件事感到憤怒。

畢竟在末晴哥身邊，有魅力的女性實在太多。

黑羽姊姊是我憧憬的對象。

她可愛又精明，性格溫柔，而且值得信賴……假如我是男性，想必會喜歡上黑羽姊姊。

可知學姊則是美得連身為同性的我看了都會著迷。

她散發著凜然的氣息，身段高雅，勤於努力向上，還年紀輕輕就成為小說家。據說家裡更是富裕優渥。有種讓人無法隨意親近的魅力，屬於不同次元的人。

桃坂學姊同樣可說是另一個次元。

她好像從小就吃過苦，反過來說居然還能從那種處境靠著本身的實力，一路打拚到成為演藝界公認的「理想妹妹」，實在太厲害了。即使我在四姊妹當中的輩分屬於妹妹，看了也覺得桃坂學姊是個嬌憐可愛，樣樣都完美，而且始終笑容迎人的理想妹妹。

被這麼有魅力的幾位女性圍繞在身邊，只要是男性當然會三心二意。對此有怨言的人肯定讀不了少女漫畫吧，畢竟有太多故事都是講述女主角被極富魅力的男生包圍而怦然心動。

而且我認為末晴哥有足以被眾多迷人女性求愛的條件。

至於理由，任誰都會提到末晴哥演戲的天分吧。

演戲的天分當然不同凡響，但是，我覺得末晴哥真正的優點並不在那裡。

我喜歡末晴哥「敢於自貶」以及「老實」的特質。

『任誰看了都知道錯的是我。小蒼，妳從以前就太替別人著想。』

剛才他也立刻就表示自己有錯，將話題做了總結。膽小的我藉著末晴哥自貶獲得的救贖，簡直數也數不盡。

還有老實這一點，真的很令人安心。

我是個會撒謊的小人。但末晴哥都把心房敞開，連普通人會偷偷隱瞞的事情，他也願意開誠布公，剛才他坦承「放在心上的女生變成三個了」也算在內。

一般並不會找年紀小的女生討論這種事，大多要擺年長的架子硬是替自己正當化，要麼逞強賣弄，要麼虛應敷衍，就是不會坦承只想保護自己的念頭。這才叫人之常情。

末晴哥都肯直說，他不會顧忌羞恥或面子，還敢於向人低頭。

我愛他這種寬廣的胸懷，而且正因為自己是個會撒謊的人，跟他相處更覺得安心。

我希望有更多人看到末晴哥的這些優點，而不是只注意演戲的天分……話雖如此，喜歡他的人變得更多就困擾了，所以我只是希望末晴哥能獲得認同，倒不是希望他變得更受異性青睞。

話題偏了。

因為這些理由，末晴哥會被富魅力的女性包圍而把好幾個人放在心上，我認為算在所難免，何況末晴哥自己就具備足以讓眾多女性喜愛的魅力。假如他提到想同時跟多名女性交往，那就是違背倫理而需要開口制止，但面對有魅力的女性會三心二意，以人性而言是當然的吧。

（我之所以生氣——）

「既然末晴哥要把其他女性放在心上，那把我放在心上也是可以的啊」——純屬嫉妒的心理。我何止沒生氣末晴哥有好幾個心上人，還希望他可以多多接納，並且把我也納為其中之一。

畢竟，我本來是覺得要跟黑羽姊姊競爭的話，那也無可奈何……

如果末晴哥意識到可知學姊就打住，我也會覺得她們倆都那麼有魅力，發展成那樣或許無可厚非……

但是，如果連彼此重逢沒多久，在末晴哥眼中也顯得年幼的桃坂學姊都能成為戀愛對象……

那我應該也可以……就算當不成戀愛對象……至少也要脫離小妹的定位，讓末晴哥把我當成一個女生來看待……

開始思考這些以後，我就無法消氣。

「——對不起。」

末晴哥下跪了。

這個動作，他大多是對黑羽姊姊做，然而我、碧姊姊以及朱音或許是因為被當成妹妹看待，他對我們就不會這樣。

但現在末晴哥對我下跪了，表示他自己也抱有相當大的罪惡感吧。

我固然能理解，無法壓抑的怒氣卻已經湧上。

「沒錯！末晴哥！請你要反省！」

我抓住了末晴哥的頭，接著歇斯底里地抓亂他的頭髮。這是我傾全力表達憤怒的行動。

「唔～～！唔～～！」

我從喉嚨裡發出呻吟般意味不明的字音。雖然有解不開的情緒在內心打轉，但是我不能哭哭啼啼，只好發出像這樣的聲音。

「哇哇！妳停一下，小蒼！」

被抓亂頭髮的末晴哥一臉困擾。

看了他那張臉，使我冒出些許征服心。

可以任意觸摸末晴哥的頭髮就已經樂過頭了，再加上這種心理。從未嘗過的快感讓我裝出生氣的表情，一方面又變得更貪心。

「末晴哥，請你乖乖不要動。」

「啊，好的。」

被我兇過以後，末晴哥變得安分。很少生氣的我大發脾氣，似乎讓他產生了不可以反抗的認知。

末晴哥抬起上半身，維持著跪地的姿勢愣住了。

「真拿你沒辦法耶～～末晴哥～～！」

為了不讓自己急促的呼吸被發現，我壓抑自己，並對末晴哥的臉以及脖子摸來摸去。

跟女生截然不同，硬挺的膚質，按下去就會回彈的粗獷肌肉。

沒有體驗過的觸感使我的心跳節節加快。

「請你再乖乖靜一下喔……」

趁著末晴哥不動，我改摸他的肩膀和胸膛。

「小、小蒼……」

「再一下下……」

接著我繞到後面，看他的背影。

好寬大的背。

我們家媽媽比爸爸高，背影也大。

但是末晴哥又比媽媽高，背影更大。

我想要細細品味那厚實的背影，就像被吸過去一樣地從背後抱上去了。

「小、小蒼？」

可以聽見心慌的聲音。但是末晴哥沒動，他肯聽比他小四歲的我所說的話。

所以我決定再多享受一下。將耳朵貼上去能聽見末晴哥的心跳聲，用手臂環抱可以知道他的胸膛有多寬闊，讓我感受到幸福。

「那、那個～～」

話雖如此，也就到這裡為止而已。做到這種地步已經算過火了吧。

腦袋急速變冷靜的我頓時放開手。

「呼……呼～～」

末晴哥放鬆以後，盤腿坐了起來。

「剛、剛才那是在做什麼啊……？那有什麼含意，小蒼？」

「末晴哥，你覺得怎麼樣？」

「什、什麼叫我覺得怎麼樣？」

「你有意識到我了嗎？」

「！」

末晴哥睜大了眼睛。

剛才我用「沒節操」責罵過末晴哥。既然如此，這句台詞應該可以讓我剛才的行為被解讀成「測試末晴哥是否缺乏節操的舉動」，而不會被認為跟男女情愛有關。

末晴哥似乎直接聽信了我事先準備好的藉口。

「啊、啊哈哈，嚇我一跳。小蒼，妳不可以胡亂做這種舉動喔。」

「那你並沒有意識到我，對不對？」

末晴哥拍了拍胸脯。

「當然沒有啊！要說的話，因為妳是個有魅力的女生，我剛才緊張了一下，但那碼歸那碼！不過小蒼，妳真的不可以做這種測試人的舉動喔。畢竟妳長得可愛，男人被妳一試就會變成色狼啦！」

聽他斷言沒有意識到我會覺得失落，被形容成有魅力的女生又感到歡喜，緊張的說詞則讓我覺得自己有機會。

真的，我好笨。

賭氣的我忍不住用幾乎聽不見的音量嘀咕：

「末晴哥要當色狼的話，我也不介意啊……」

「……咦？」

「我回來了！」

玄關的門被用力打開，朱音趕到客廳。

她手上的購物袋裝著胃藥，而且還放了兩種。

「我不曉得哪一種比較有效，所以覺得都要有才好！」

「謝謝妳，朱音。」

我一邊收下胃藥，一邊對自己背著朱音獨享幸福的行為感到內疚。

明明朱音也喜歡末晴哥……

明明我做出的這種行為，朱音也想做……

我果然是個小人……

胃又開始發疼，我服用了朱音幫忙買來的胃藥。

「身體感覺怎麼樣，小蒼？」

末晴哥擔心地把臉探過來。

我露出笑容回答：

「謝謝你，末晴哥。」

我還要對自己的心撒謊多久才行呢……
沒有任何人能告訴我。

第二章 朱音的失誤

＊

到了十一月底，期末考已經近在下週。

事情就發生於午休時間。

「末晴，話說從今天起到期末考結束都沒有社團活動嘍。」

當我用三口將雞蛋三明治吃完的時候，原本在面前大嚼午餐炒麵麵包的哲彥如此說道。

「我們穗積野高中好歹也是升學取向學校，才會在期末考前禁止社團活動。」

這麼說來，印象中參加社團的人是有跟我提過這件事……

跟演藝研究社亦即群青同盟扯上關係之前，我在高中都與社團活動無緣，所以聽了這件事才回想起來。

「你居然有心遵守學校的規範，嚇到我了。」

「犯規就是要有符合風險的利益在，才有嘗試的價值啊。」

「欸，你的觀念依舊跟禁酒法時代的黑幫一樣耶。」

「因為差不多該來替聖誕節還有年末年初規劃啦。哎，有這個時間來進行調整，我本身也覺得謝天謝地。去年我把約會排得太擠，不巧就跟前一場約會的女生碰上了。看對方亮出電擊槍時，我實在是嚇得面無血色。」

「你怎麼講得像美好的回憶啊？去死啦！」

可以聽見班上女生都在暗罵「差勁」和「女性公敵」之類的字眼。

當然，來自男同學的評價也是低到谷底。

「甲斐哲彥非除不可。」

「順便把姓丸的也宰了吧。」

……為什麼連我都遭殃？別拖我下水好嗎？

當班上像這樣瀰漫著肅殺的氣氛時，有個意想不到的客人來了。

「末晴，可以占用你一點時間嗎？」

「啊，橙花，怎麼了嗎？」

走進我們教室的人，是受大家仰賴的穗積野高中秩序化身兼學生會副會長，惠須川橙花。

眼神依然精悍堅毅，還有瀟灑的低馬尾。光是在場彷彿就有凜然氣息傳達而來。

「呿。」

哲彥板起了臉。

「怎麼，甲斐？我來這裡讓你感到不滿？」

「看了麻煩人物的臉，飯會變難吃啦。」

「那我立刻離開。我有事要找的人是末晴。你能不能來一下學生會辦公室？」

「嗯？好啊，我明白了。」

我把剩下的雞蛋三明治塞到嘴裡，然後喝完盒裝牛奶。

盯著我看的哲彥就嘀咕了一句：

「原來你們會直呼彼此名字。」

「！」

橙花隨之臉紅。性格正經八百，似乎就禁不起這種言語的刺激。

「有、有什麼奇怪！」

「我沒提到奇不奇怪吧。不過，妳現在的反應用奇怪來形容應該不為過～～」

哲彥用手拄著桌面，賊賊地笑了。

看了會讓人不爽得想揍他的臉。實際上，橙花已經握起了拳頭。

「唔，你這傢伙……！」

「喂喂喂，學生會的副會長大人總不可能動粗吧？我只是陳述事實耶。被戳中痛處就想用暴力敷衍過去，這我可無法接受。」

「唔唔！」

環顧周圍，連黑羽和白草也在看我們這裡。

看來好像遭受誤解了。

我當場把話說清楚。

「哲彥，橙花是我寶貴的女性朋友。」

「哦，女性朋友。」

「沒錯。畢竟我在之前那場風波受過她的關照。朋友互相叫名字並不奇怪吧？你別把每件事情都跟戀愛扯在一起啦。」

哲彥交互看了我與橙花的表情，然後點頭。

「哎，那樣的話倒是無妨。」

不能讓爭執就此結束是哲彥的壞毛病。

他一邊若有深意地對著橙花笑，一邊又說：

「惠須川，那妳就帶末晴去學生會辦公室吧。妳有事情要『以朋友身分』找他談對吧？趕快去啊。快沒時間嘍，『以朋友身分』講話的時間。」

「甲斐……我說你這個傢伙……」

橙花舉起了拳頭，而且氣得顫抖。

我覺得她這種反應滿罕見的。

雖然橙花有班長般的脾氣，看起來凶巴巴，其實她只是待人待己都一樣嚴厲罷了。因此她不常顯露出憤怒，而是會冷靜地喝斥或規勸。

唯獨這次她氣得火冒三丈，大概是因為扯到戀愛方面還被消遣吧。

只要知道橙花的個性就能推敲出七八成。感覺上，她會討厭這種事。

「……也罷。反正並沒有什麼好隱瞞，我在這裡跟你談。」

她放鬆肩膀的力氣，然後大聲嘆息。

光這樣就讓她取回冷靜了。

「末晴，學生會想委託群青同盟，內容是要請你們幫忙炒熱聖誕派對的氣氛。」

鼓譟聲在班上瀰漫開來。

「如你所知，往年由學生會主辦的聖誕派對都有欠熱絡。」

「啊～～這麼說來，去年我猶豫過要不要參加……」

我交抱雙臂，在腦海重現了當時的心境。

「不過試著問了派對內容，基本上就是在體育館有招待零食和飲料，還舉辦了賓果大賽、禮物交換活動之類而已吧？既然只比兒童會的內容強一點……我就覺得好像不用參加了。」

在旁邊聽的班上同學們也點頭表示認同。

「會去那場派對擺明了就是沒有男朋友，所以讓人覺得不方便去啊。」

「即使沒男友也不會去啦。在別人眼中就像是沒有朋友可以一起過聖誕。」

「開心過聖誕的族群都是找交情好的熟人聚會嘛～～」

「何況派對上的人都是學生會勉強召集的，想找伴又不合適。」

「搞得太像聯誼也會有困擾喔。」

女生們討論得十分真實。唉，不過這就是「學生會主辦聖誕派對」給人的印象吧。

橙花聳了聳肩。

「學生會也有理解問題點，然而會變成這樣也是有理由的。」

「這是指？」

我感到好奇而試著深究。

「首先是預算問題。食物及飲料都由學生會的預算供應，但既然炒不出活動熱度，隔年度自然不會加開預算。」

「啊，原來如此……」

「還有衛生安全方面的問題。開伙當然是禁止的。考量到萬一引起食物中毒，生食同樣遭到禁止。如此一來，再怎麼張羅也只能提供超商買來的零食餅乾。」

「如果端出壽司之類的餐點，感覺就會有單純來吃飯的人……」

「基於預算和衛生問題是辦不到的。」

問了以後雖然無奈，實情真教人失望。

「以往學生會似乎討論過，要過聖誕節不如著重於『找伴』來辦活動。之後卻接到老師們的叮嚀：『難道學生會想辦聯誼性質的活動？』企畫就無疾而終了。畢竟從那些老師的觀點來看，校園情侶只會滋生事端。他們的態度似乎是希望等學生順利考上大學再盡情發揮。」

哎，身處老師的立場就會是那套觀念吧……

「不過這樣的話，告白祭沒問題嗎……？」

「那是因為提出企畫的學生會很有手腕，時期又在剛放完暑假。老師們似乎也判斷那樣剛好可以讓同學在收心前宣洩一下。」

嗯～～問了以後有種恍然大悟的感覺。

「至於其他問題點，就是著重在『找伴』的話，廣受歡迎的同學當然屬於少數。有那樣的同學出席聖誕派對一樣會引發爭執，沒有的話也還是會造成其他參加者不滿。簡單來講，像甲斐這樣的傢伙出不出席都將構成風險。」

「原來如此，妳剛才一舉例我就懂了。」

如果弄了聯誼性質的企畫還讓哲彥參加，到時候漂亮女生都會被他一把抓。要是哲彥不參加，指望跟哲彥過聖誕的女生又會心懷不滿，有的女生更會覺得既然哲彥不來就省得參與活動了

——事情便是如此。

哎，哲彥目前被全體女生當成拒絕往來戶，或許不至於惹出問題啦，不過橙花光是拿他舉例就非常好理解。

被拿來舉例的哲彥則是蹙眉嘀咕：

「然後，妳想找我們幫忙炒熱那樣的狗屁企畫？」

橙花大概是認為理會哲彥會沒完沒了。

她華麗地予以忽視了。

「所以說，末晴，甲斐八成會發牢騷，能不能請你夥同志田、可知與桃坂讓這一項企畫案通過？」

「呿！」

哲彥似乎沒料想到橙花有這一招。他難得變了臉色。

「喂喂喂，惠須川，妳不要玩陰的啦。」

「說我玩陰的？哪有呢？群青同盟是用投票表決來通過企畫吧？別說玩陰的，拉到三票讓企畫過關應該叫光明磊落才對吧？」

「妳這女的……」

「志田跟可知也聽見了吧？」

橙花望向黑羽跟白草。

她們倆一直旁觀到現在，但似乎都覺得無法置身事外了。

黑羽轉過頭，回應橙花：

「……知道了啦，小惠。我不曉得會變成怎樣，盡力而為就是了。」

「有勞妳了，志田。」

「別客氣，小惠，畢竟妳關照過許多事啊。」

黑羽笑了笑，我就感覺到班上氣氛變得和緩。那些姊妹淘自然不說，可愛的黑羽一笑，很多男同學也會跟著心情舒暢。從這部分來看，我體會到黑羽果真有人緣。

「我可沒說要答應喔。」

白草原本在跟峰同學一起吃午餐，黑色秀髮於她回話之際颯爽飄動。

「希望妳姑且說個理由好嗎？」

「坦白講，我對這種學校行事不感興趣。基本上，我也沒有跟同學一起慶祝聖誕的經驗。」

哎，白草畢竟是富家千金，八成連兒童會慶祝聖誕節的活動都沒經歷過吧。從這方面來看，黑羽屬於庶民出身又具社交性，而且總是身處學校行事的中心，跟白草恰恰相反。白草的性格本就排外孤傲，不用說也曉得「負責籌措聖誕派對的企畫」跟她格格不入。

橙花向面有難色的白草說道：

「可以的話，希望妳協助，但這件事勉強不來。反正也沒有很急，期末考結束以後，再麻煩演藝研究社討論做決定。」

「我明白了，既然妳這麼說……」

白草在橙花面前有種退一步講話的感覺。反觀橙花就始終大方，沒有改變過自身立場。

大概是因為這樣的差異，結果白草好像都說不過橙花。或許那跟哲彥是在不同層面讓白草感到難以應付。

橙花將視線轉向我。

「末晴也一樣。我想拜託你協助，卻覺得不能勉強你。當眾告訴你這件事情，應該會讓你收到許多意見，麻煩你在聽取大家的聲音後再積極考慮。我個人只是期望自己參與學生會的活動，能盡量讓多數人留下開心的回憶。」

很符合橙花的作風，語氣誠懇。她希望讓多數人開心的想法比什麼都令我欽佩。

所以我想盡可能提供協助。

「……我懂了。那麼，等考試結束以後，我會試著在會議上提出企畫。」

「謝謝。有勞你了。」

「對了，以往聖誕派對的預算以及活動概要應該都可以成為參考，能不能向妳要資料？」

「我了解，那我會先準備好……啊，不過……事情談完才提這一點令人過意不去——」

橙花把話打住，並且慎重地看著我。

「指導學生會的老師交代過：假如群青同盟有人在期末考拿到不及格的分數，那就不能委託他們辦聖誕派對。所以希望你們能努力避免不及格。」

「我想不要緊啦！……應該。」

起初我活力十足地回了話，卻漸漸變得沒有自信，到最後就偷偷補了一句。

「真的嗎？末晴，聽老師說你的成績是最危險的。」

「老師不應該對妳洩露這個吧！」

「畢竟我沒有聽到具體數字。老師還說，擔憂程度排第一的是桃坂，其他三個人都用不著操心。」

「唔唔……知道了啦。期末考我會努力。」

之前我的期中考成績排在中後段，以往也差不多是這樣，考慮到還有骨折的負擔就不算太壞。當然跟黑羽、白草、哲彥他們三個人比就遠遠不如了。

現在是二年級冬天，我再怎麼悠哉也會看見報考大學的那一關在眼前忽隱忽現。

（沒被當掉就滿足是不行的，我也要考量自己想讀的大學，提升學力才行……）

基本上，我要考哪一間大學呢？在那之前，想讀的是什麼學系呢？將來又希望成為什麼行業的人呢……有許多問題要思考。

（記得小蒼之前問過我，既然要當演員，是不是就不用讀書呢……）

那確實算是正確答案之一。假如要拚命從事演員之職，分數只要不被當掉就夠了。不去考大學，高中畢業後加入演藝經紀公司也是個選擇。

但最近也有很多年輕演員或偶像會讀知名大學，用功讀書的做法斷然不會走冤枉路才對。

「那麼，期末考就讓我們彼此加油吧。」

橙花這樣講話頗具男子氣概，隨後她便離開了教室。

我跟哲彥討論了橙花委託的企畫，並且決定「這件事等考完試再談」。哎，畢竟我考不及格的話，講再多也是無謂，所以這應該可說是理所當然。

只是我並沒有察覺。

「………」

「…………」

由於「我處在不能被當的狀況」，黑羽跟白草就開始動腦筋了。

＊

當天放學後——

因為都沒有社團活動，我打算回家用功。狀況就發生在我拎起書包的時候。

——震震震震震！

手機震動了。看來似乎收到了訊息。

我從口袋裡掏出手機，打算確認訊息。

——震震震震震！

又震動了。該不會是連續傳訊吧？

當我這麼心想而將目光轉向螢幕的時候。

——震震震震震！

連續三則訊息。

然而並非同一個人連傳三次，只是有三個人碰巧在同一時間傳訊而已。

最先傳訊息來的人——是黑羽。

『要不要一起回家？小晴，你會從今天開始做考前衝刺吧？先確認考試的範圍比較好，如果有不拿手的地方，大姊姊可以陪你討論喔。』

真是令人感激。黑羽總是幫助我念書。

要不要一起回家？這樣的訊息內容並不算稀奇。因為在教室開口邀對方一起回家會引起注目，我們從上高中以後就不會口頭明講，而是用手機相約。

我看向位於前方的黑羽，黑羽就和氣地對我微笑。如此細微的互動讓我的心獲得溫暖。

平時都要謝謝妳，一起回家吧，得救了——我本來想回覆這樣的內容，卻決定先看另外兩則訊息。

下一封訊息是來自白草。

『小末，方便的話，一起回家如何呢？我看你好像為了課業在煩惱，希望能幫到你……』

與白草平常的冷酷氣質相反，她寫訊息依舊充滿奉獻精神。

我瞄了白草一眼，白草就對我露出了不常在班上展現的溫和笑容。有如特權的那張笑容刺激了我的優越感，讓開心度倍增。

然而！這有問題！

我非常感激她們的提議……可是呢！

這、這該不會就是所謂的——**雙方行程互卡**吧！

既然特地用手機聯絡，黑羽和白草設想的應該都是單獨跟我一起回家。

「……好，總之再看看另一則訊息吧！」

在一秒內決定逃避現實的我將最後一則訊息點開。

那是來自真理愛。

『末晴哥哥，我們一起回家好嗎？聽說有來自橙花學姊的委託，不過人家在成績方面也有後顧之憂……所以想找你商量。』

我試著捏了眉心。

原本我以為是自己眼花，視野卻很清晰，沒有任何問題。

姑且試著將訊息依序重讀一遍以後，我發現她們三個寫的內容都是要邀我一起回家。

「何止雙方，這下不就變成**三方行程互卡**了嗎！」

我感到頭大了。

冷靜下來……事情怎麼會變成這樣……短短五分鐘前應該都還很祥和……這下不妙了……

「喂喂喂，末晴～我好像聽見你說了什麼有趣的台詞耶～～」

哲彥拍了我的肩。

這傢伙居然只有在這種時候才顯得生龍活虎……！

「掰，哲彥，明天見。」

我一臉嚴肅地在道別後拔腿就跑。

——可是，哲彥立刻抓住我，還把我架住。

「哎呀？聽見三方行程互卡這件事的人可多了喔～～」

不知不覺中，男同學都聚集過來了。他們手上都拿著球棒或繩子之類可以當武器的道具。

「有罪～～～～！跟三個可愛的女生行程互卡，有罪～～～～！」

「如你所說，鄉戶。全體一致認定有罪——判他死刑吧。」

奇怪，宇賀這傢伙以前應該都會攔阻鄉戶……套路不一樣了耶！

前門有男同學，後門有哲彥。我已經無處可逃。

我認為這時候要仰賴過去，就立刻回想了自己闖關成功的案例。

（……對了！）

平時會幫助我的人，是黑羽。

因此我用滿懷期待的眼神望過去。

可是——

「…………」

「噫！」

目光相接的瞬間，我體會到。這下不妙了。

班上男生相較之下根本不算什麼。黑羽的背後寄宿著修羅。

因此我忍不住轉開視線。

但這麼做似乎壞了黑羽的心情。

她帶著背負修羅的笑容直接過來了。

「……對不起喔，各位。我有點事要跟小晴談，請你們把他讓給我好嗎？」

「不好意思，志、志田同學，這次我們實在不能妥——噫！」

「好、好的！我們失陪了！」

那些男生面對黑羽也畏縮了。

男生們像是讓路給老大一樣左右分開後，就心甘情願地開始收拾武器。

「小晴，這裡說話不方便，你跟我來——」

「哎呀，志田同學？不曉得妳打算去哪裡呢。」

白草在這時候加入了對話。

另外，我雖然想逃，現在卻還是被哲彥架著掙脫不了。

「我也有點事要跟小末談，能不能請妳讓一讓？」

「很遺憾，可知同學，是我先找他講話的。該讓的人，我倒覺得是妳喔。」

「要排順序？小末本身的意願會不會更重要呢？我們問問他吧，看他想要先跟誰講話。」

「哦～～這樣啊～～既然妳都把話說到這個分上了，我就奉陪。小晴，你想跟大姊姊談，對吧？」

「小末，你會以我為優先吧？」

教室裡已經有股地獄般的氣氛。連原本嫉妒心大發而拿出武器的男同學們都變得像在守靈一樣。

「老天保佑老天保佑……我們趕快走吧……」

喂，那個剛才拿球棒出來的傢伙，你要趁這種時候來糾纏啦。

「南無阿彌陀佛南無阿彌陀佛……成佛升天吧……」

混帳，你別把我當死人啦！我要是死了絕對會出來作祟！

「喂喂喂，你要選哪一邊啊，末晴～～」

頂多只有架著我的哲彥樂在其中。可惡，這傢伙實在夠渣的！

「小晴。」

「小末。」

「「你選哪一邊？」」

她們倆的臉逼近而來。被施壓到這種地步，還被人架住，總之我只能做出結論。

「那、那個，我——」

當我如此心想而開口時。

「呃，末晴哥哥！你都沒有回訊給人家耶！」

「沒救了啦～～～！」

真理愛的出現讓我抱著腦袋縮成一團。

＊

結果，哲彥進行人流管控以後，黑羽、白草、真理愛答應按照先後順序跟我講話。為了迴避他人目光，我被安排到她們各自指定的校外場所走一趟。

從黑羽開始。我跟黑羽在回家途中的堤防會合了。

「抱歉，讓妳在冷天裡等我。」

「沒關係，你別介意。總之先坐下來吧？」

「好。」

感覺沒有任何人會經過，毫無遮蔽物的混凝土階梯。

我們把那裡的台階當椅子坐。

在我跟黑羽之間留了大約能坐一個人的空間。就算有寒風吹拂，要我坐到她身邊仍會覺得難為情。

然而——

「……我挪個位置，好了。」

黑羽卻把距離拉近了。多虧如此，雙方的肩膀幾乎可以相觸。

「小、小黑……！妳靠得太近了啦……！」

「我是『青梅女友』耶。不能這樣做嗎？」

「這、這個嘛——」

「來吧，天氣冷的時候，情侶不是會兩個人裹一條圍巾嗎？我很憧憬，所以我一直希望像這樣跟你依偎在一起取暖。」

「唔——」

聽她講得那麼堅定，我只好把原本要說的話吞回去。

（不，等等，我要冷靜。回想之前跟小蒼談過的內容……）

日前，蒼依和朱音來打掃的那一天。

蒼依在回家之際，為了不被朱音聽見，曾經偷偷告訴我：

『末晴哥，目前包含黑羽姊姊在內，你不慎有了三個心上人，內心就受到罪惡感苛責，對不對？』

『唔唔，被妳這麼一說，我覺得自己有夠差勁的……』

『那麼，為了讓自己冷靜，你跟她們稍微保持距離會不會比較好呢？刻意迴避應該不是末晴哥樂意的做法，而且那樣應該也會嚇到所有人，倒不如等出現貼身接觸的狀況再悄悄拉開距離。畢竟末晴哥無法招架女生的魅力，我認為事先劃好界線，出狀況時比較能讓自己保有理智。』

蒼依的台詞相當嚴厲，卻點出了癥結。我必須對招架不住女性魅力的自己有自覺。

畢竟我就是蠢，只要有可愛的女生在身旁露出笑容，我一感到幸福就會覺得大部分的事情都無所謂了……假如被女生用軟軟的手觸摸，我想自己的腦子會先融化，然後就情不自禁地迷上對方……

人類是渾身慾望的生物……來自迷人異性的誘惑更是強大得能直接與生存本能相連結……

（然而！人類是有理性的！）

忍耐固然是件苦事，然而胡亂出手將會自取滅亡……正因為大家既有魅力又跟我關係深厚，我更不能在衝動下做出選擇……我得好好面對自己的想法再做出結論，否則就失禮了吧……

從這點來說，蒼依提議「劃清界線避免接觸」就是傑出的一手。

被她們觸摸或貼近會讓我的腦子融化，腦子融化便無法思考。

但只要從一開始就打定主意避免互相接觸，即使我糊里糊塗也還是可以做到這點事才對。

「……欸，小晴，像這樣讓肩膀碰在一起，好溫暖喔。」

跟黑羽接觸的部分傳來體溫，使我想要一直保持這樣。

（不過！這是要忍耐的時候！）

我一語不發地靜靜移動，跟她拉開了距離。

「…………」

黑羽愣了一下，感覺像是捉摸不到我的用意，然後又把距離拉近。

「…………」

我再次什麼都不說就拉開距離。因為旁邊已經沒地方能移動，我靜靜地沿著階梯往下一階。

「…………」

「…………」

「…………」

「你這是什麼意思，小晴！跟大姊姊說明！」

「投降投降！別勒我脖子啦！」

我被黑羽從背後抱住並且勒住脖子。

即使一概說成勒，黑羽並不是用手掌。她是把手臂繞到我的脖子上，再將雙臂十字交扣勒住我。

「還有，妳的胸部！胸部頂到我了啦！」

「現在又不是說那些的時候！」

「那個問題大到可以排在世界和平後面了啦！」

「什麼跟什麼嘛！小晴，對你來說算是占了便宜吧！」

「是、是是是那樣沒錯啦！不過正因為被我占了便宜才不妙啊！」

「正因為？……哦～」

我是被黑羽從背後抱住，所以看不見她的臉。

但是我曉得，她擺著凶惡無比的表情。

「那麼……這樣你覺得呢？」

黑羽放開我以後坐回旁邊，還試探似的摸了我的手，並且溫柔地握住。

「啊——」

黑羽觸摸的方式簡直像被矇著眼睛，正在確認那裡有沒有我的手。

不過那彷彿透露出她很高興有我待在旁邊，莫名地令人安心。

原本被黑羽觸摸讓我緊張不已，但這種牽手方式卻能傳達她有多麼小鳥依人，我感受到的並非興奮，而是溫暖。

我望向旁邊。想像中的黑羽是擺著要支配我的大姊姊臉孔，實際看見的卻是滿懷慈愛，甚至可以從中體會到母性的笑容。

「照小晴的個性來想，肯定是心裡也意識到了小桃學妹，就對身為『青梅女友』的我感到過意不去吧。」

「咦……？」

「因為兩個人貼在一起會意亂情迷得什麼也無法思考，你才想到要把持分寸，還避免互相接觸……我有說錯嗎？」

「未免神準到恐怖的地步！」

好可怕，我的青梅竹馬把我全看透了。

黑羽交抱雙臂，然後嘆了氣。

「……我對你的行動是有不滿，但並非感受不到誠意，也能夠理解。」

「妳說的不滿是指？」

「沒辦法跟你這樣。」

黑羽一派自然地坐到旁邊，把頭擱在我的肩膀上。

「——！」

頭輕輕放上來的重量，還有頭髮柔順的觸感實在太舒服。

（咦，乾脆選小黑就好了吧……）

我一瞬間差點這麼想，理性卻傾全力運作。

「——！」

我往後一跳，逃離誘惑的魔掌。

「嗚嗚，我要冷靜……再這樣下去會沉淪……沉淪是不行的……」

「為什麼不行呢♡趕快沉淪吧♡」

「——」

彷彿要令我目眩的可愛攻勢如怒濤般湧來。

明明只是塗了透明唇膏，卻顯得軟軟嫩嫩的雙唇勾住了目光，使我無言以對。

「觀自在菩薩，行深般若波羅蜜多時，照見五蘊皆空，度一切苦厄……」

我背對黑羽蹲下後，就一面念誦般若心經一面在地上畫圓讓心思冷靜。

「啊，總覺得該向你道歉……」

「錯、錯在妳喔，小黑！被妳這樣挑逗以後——」

「……會怎樣？」

「……別讓我說出口。」

「呵呵，小晴，你是不是……想親親了呢？」

「別逼我說啦！」

「……可是我想聽你說耶。」

黑羽起身以後肩膀一聳，踢了掉在地上的石頭。

「哎，不過你既然能撐過剛才那樣，即使可知同學以及桃坂學妹做出一樣的舉動，你也承受得住才對，我算是稍微放心了。」

黑羽吐了吐舌頭，並且笑了出來。

「原來妳在測試我嗎！」

「對呀。還有……我在思考自己要怎麼辦、想怎麼辦。」

「……妳想到什麼主意了嗎？」

「嗯，這是我的請求——」

黑羽像剛才那樣試探似的抓住我的手，然後輕輕一牽。

「小晴，在我握了你的手以後，你能輕輕地回握嗎？」

「好啊，可以是可以……」

我照著她的話，輕輕回握。

黑羽確認我回握以後就立刻放開手。

「就這樣，完畢。」

「小黑，這樣做有什麼含意？」

彷彿有很深的含意，又好像沒有……至少我完全不懂是什麼意思。

「你打算避免跟女生接觸……對吧？」

「是、是啊。」

被她這麼一說，我切身感受到自己現在有多麼養尊處優。

『末晴哥太沒節操了！』

沒錯，蒼依說的話才是對的。

我對女生缺乏抵抗力，所以一有接觸就非常高興，會喜不自禁。

但那終究是藉口。正因為我對黑羽、白草、真理愛信賴有加，更應該克制毫無節操的自己。

「不過，像這樣就沒關係吧？」

黑羽再次碰了我的手。

那種摸法並沒有她偶爾展現出的百般嬌媚，可以說是「家人間的接觸方式」。

「的確，這樣還好。」

黑羽用這種摸法，我的腦袋就不至於受到震撼，反而覺得暖心。原本構成問題的「女人味導致思路斷線」感覺也不會發生。

「說起來，我有前科吧？之前甩過你，還騙過你……」

「不過那幾次我也有錯……」

「沒有，那是我不好。不過或許就因為如此……有時候，我會擔心自己有沒有取回信賴。」

「小黑……」

黑羽一向堅強。這使得我偶爾會差點忘記，她同時也是個普通的女高中生。

「『青梅女友』也是一樣，我在想是不是因為自己硬要逼你接受，才會讓這樣的關係成立……你有沒有看著我呢？有沒有把我放在心上——有時候我會忍不住這麼想。」

「這就錯了！小黑，聽到妳提議『青梅女友』讓我很高興！就連現在——我也有把妳放在心上！」

雖然我的態度搖擺不定，但那是把她們放在心上所導致的搖擺不定。正因如此，當下我才敢斷言。

「……嗯，我想我明白。但是呢，看你跟可知同學或小桃學妹關係要好，我無論如何都會冒出不安的情緒。」

「……那是我害的。」

我居然讓黑羽這麼不安——這使我內心滿是罪惡感。

「不是的，你別介意。」

黑羽緊緊握住了與我相觸的手。

這是在重現她剛才拜託我的事。

所以我回握了她的手。

「謝謝你，小晴。這樣跟你牽手，果然不錯。」

「妳說的不錯是指？」

「非常有寄託感。這或許可以叫……『柔觸式交流』，彼此能心思互通。我有這樣的感覺，就可以安心。」

「我能理解耶。總覺得這跟很久以前媽媽牽我的手、摸我的頭時，有一樣的安心感……」

儘管那已經是遙遠的記憶了，以前我跟母親相觸並不會害羞，而是覺得理所當然，因此那是能讓人感到安心、喜悅與幸福的行為。隨著年歲增長會開始嫌煩，還覺得那是被當成小孩對待，就漸漸不那麼做了。但是在人類的本能中，肯定留有與他人相觸會感到幸福的記憶。

「嗯，所以當我握了你的手，你就要握回來。拜託你。」

「我明白了。我跟妳約定。」

這種行為，換成白草或者真理愛大概會讓我耿耿於懷，但是跟黑羽就沒有抗拒感。我們之間有足夠的感情基礎，可以坦然接納這種與嬉鬧相近的行為。或許，青梅竹馬是一種位在家人與情侶中間的關係。

「那要進入正題嘍，小晴，讀書很辛苦吧？」

「對喔，一開始妳跟我聯絡是要談這個嘛！我都忘了！」

我們討論這件事到底繞了多大一圈啊！

「好啦好啦。所以呢，要我像往常那樣到你家一起念書嗎？」

「嗯～～那樣會不會行不通啊？」

「為什麼行不通？」

「我是從小蒼那裡聽說的，銀子伯母對我們的交情起了戒心，所以妳才不能來打掃吧？既然打掃不行，那一起讀書應該也不行吧？」

「唔……滿有可能會這樣……可是可是，我會問問看媽媽！」

我閉眼稍作思索以後，立刻就做出了結論。

「這次不要好了。以往跟妳單獨一起讀書算是常態，但現在妳變成『青梅女友』，我覺得反而會太把妳放在心上而讀不了書……」

更重要的是，我怕現在跟黑羽獨處，理性會失守。

因為我重視黑羽，不想做出馬虎的判斷，才打算確實保持距離。

「既、既然你這麼說……反正我能被放在心上就很高興了……」

黑羽的臉頓時漲紅。

看她做出這樣的反應，連我都跟著害臊。

「光、光是被放在心上就覺得高興，妳也太喜歡我了吧……」

「那、那有什麼不好……你還不是都臉紅了，一看就知道快要沉淪於我……」

「我、我根本沒有沉淪於妳！…………還沒啦。」

「趕快沉淪就好了嘛……」

彼此的想法毫無遮掩，真恐怖……這讓我感到害羞無底限……

我們承受不住甜蜜過頭的氣氛，就在互道明天見以後分開了。

*

離上學路途較遠的家庭餐廳。

我走進店裡，正在細讀文學書籍的白草還是沒有注意到我，很有小說家風範。

環顧四周，可以曉得男性顧客及店員都在偷瞄白草。我不禁感到驕傲，念頭一轉卻又反省自己沒有什麼好沾光，就悄悄地向她搭話。

「讓妳久等了，小白。」

「小末……！」

白草嫣然一笑亮起了眼睛。那就像被飼主叫到的忠犬，連我都跟著開心。

我先用平板電腦點選自助飲料吧，並且手腳迅速地倒了可樂回來。

「對不起喔，小白。讓妳在這裡等我。」

「不會的，你別介意。只是我們碰巧都要找你談事情，錯並不在你。」

「謝啦。能聽妳這麼說讓我寬慰多了。」

「所以呢，我要談的是念書這件事。」

「嗯，妳講吧。」

「小末，我想協助你念書……」

「真的嗎！畢竟妳成績那麼好，太令人感激了！」

最讓我高興的是她想協助我的這份心意。

「可以的話，我們兩個每天都來舉辦讀書會好嗎？小末，我可以去你家喔。」

「啊，這個嘛──」

每天跟白草在自己的房間獨處念書……那是告白祭前，我曾妄想過的情景。

由於初戀而萌發的各種憧憬，如今正要成為現實。

這麼一想，我忽然感到緊張，就口渴了。

我喝掉半杯可樂，讓心情冷靜下來。

「不行嗎？有不擅長的地方，我會教你喔。而且──」

白草白皙的肌膚泛上一絲絲紅潤以後，便垂下目光。

「我還能幫你打掃，幫你放洗澡水，幫你做飯……我在想，這些都是我能為你做的事……」

她說什麼……？

這表示白草願意跟之前我骨折的時候一樣，無微不至地照顧我。

更要緊的是，這次她說要跟我兩人獨處，表示應該不會有紫苑在旁監督。

換句話說——

『小末，我要幫你洗背嘍。』

『小、小白？妳、妳跑進浴室不好吧！』

『我裹著浴巾，沒問題喔。』

『可是我覺得這樣就夠不妙的了！』

『來吧來吧，小末。把背轉過來，我幫你洗。』

『既、既然妳來都來了……也對……那就麻煩妳嘍……』

『搓洗搓洗……怎麼樣，小末？舒服嗎？』

『舒服啊！妳的力道剛剛好！』

『太好了！再來換洗前面——啊！』

『危險！……幸好我接住妳了。居然會跌倒，小白真是迷糊。沒有受傷吧？』

『嗯，我沒事。不過小末……我們抱在一起了耶……』

『這、這是為了救妳，沒辦法啊……』

『也對，沒辦法呢……』

『不、不行喔，小白！妳不能把臉湊過來！』

『我只是手滑了一下……全都是手的錯……』

『是嗎？那就沒辦法了……』

我毅然收斂自己的表情。

「所以我們的讀書會也有這種可能性嗎！」

「你這低級男才沒有任何可能性啦！」

從背後座位傳來了叫罵聲。

這嗓音似曾相識耶——當我這麼想的時候，叫罵聲的主人就過來了，還氣勢洶洶地站到我的面前。

「雖然不知道你想像了什麼，但我這顆天才的頭腦就是可以察覺到你玷汙了白白！罪該萬死！請你立刻切腹！」

真受不了，我感到傻眼。

話說紫苑每次都是忽然冒出來，所以才嚇人。

反正她早就被看穿是沒料的小角色了，隨便應付吧。

如此心想的我露出從容笑意，一面說道：

「妳為什麼會在這種地方？」

紫苑挺起了形狀好看的胸脯。

「哼哼，你果然無法理解。凡人是沒辦法理解天才的行動的……真糟糕，我不小心又做出了太過天才的舉動。那我現在就說明，你靠著等同於猴子的智商想必來不及理解，但是請你要努力跟上喔。」

「喂，妳說誰的智商等同於猴子。」

我順著紫苑的下巴掐住了她的臉頰。這應該算是非正規的金剛爪。

這招的特徵在於會讓臉頰內凹，因此中招的人會變成一副怪臉。

「丸、丸同學，我投降我投降！」

紫苑帶著一張看起來不像年輕女生的臉，向我猛拍求饒。

「妳反省了嗎？不會再看扁我了？」

「不會！」

「拿妳沒辦法……」

我放手以後，紫苑就露出了奸笑。

「你被騙了！丸同學，你就是這樣才好耍！」

果然完全沒反省……

話雖如此，我已經曉得要怎麼對付她了。

我驀地將目光轉向白草。

原本白草還一面嘆氣一面觀望事情發展，現在她揪起了紫苑的脖子並且瞇細眼睛。

「紫苑，我說過要是妳給小末造成困擾，就不會原諒妳對吧……？」

「…………」

紫苑猛流冷汗，視線還到處亂飄。

而白草用雙手將紫苑的頭牢牢夾住，硬是讓她轉向自己。

「我有說過吧？」

「……對不起。」

紫苑跪在長椅款式的沙發上，縮成了一團。

「下次再犯，我真的就不原諒妳了喔。」

「是的，是我錯了。」

「假如妳再犯，我會有好一陣子不跟妳講話。」

「那、那怎麼可以……！」

「妳聽懂了嗎，紫苑？」

「……懂了。」

「那妳是不是要跟小末道歉？」

紫苑惡狠狠地瞪了過來。

嗯，看來這個女生果真不會反省。

「是是是，對不起！」

「沒辦法嘍，我原諒妳～～」

紫苑似乎聽不慣我回話的方式，臉上一副有氣難吞的表情。

實在過癮，對付紫苑唯有把她壓得死死的。我就是想看她這種臉才刻意用言語刺激她。

（……呼。）

紫苑突然闖進來的騷動平息以後，我取回了冷靜。

白草是我的初戀對象，以往便有許多讓我沉溺過的妄想，而現在聽見她提出誘人的主意，那些妄想不免就死灰復燃了。

但只要靜下心考量現實，想也知道不可能。

「謝啦，小白。妳不只願意教我功課，還說要幫忙做家事。」

「那、那只是因為……我希望你拿到好成績……」

說話忸忸怩怩的白草好美。若不是紫苑在旁邊咬牙切齒，我已經看她看得入迷了。

「但是——這次我打算只靠自己用功。對不起喔。」

「咦……？為什麼……？」

不只白草，連紫苑都睜大眼睛嚇住了。

「妳的心意真的讓我很高興，我也希望能接受——」

「那、那讓我教你功課不就好了嗎？」

我搖了搖頭。

「不。其實這一次，我也拒絕了平時都會教導我的小黑。」

「咦！」

「這當中是有些因素啦，我打算重新審視自己。我覺得既然自己拒絕了小黑，要是不跟著拒絕妳好像就不公平了。」

拒絕了黑羽就要連白草一起拒絕。雖然真理愛並沒有向我提議，如果她要談的是同一件事，我打算給出相同的答覆。

既然我對她們三個的心意搖擺不定，就要留意用公平的方式對待她們。這是我抱持的想法。

「那、那就表示，我不能到小末家裡跟你兩人獨處？」

「我沒有特別定什麼規矩，哎，不過應該是這樣。」

「滿讓人欽佩的心態嘛，丸同學，我第一次想稱讚你。」

「唔哇～～嚇到我了，即使被紫苑稱讚也一點都不讓人高興～～」

「我難得稱讚你，麻煩表現出開心好嗎！」

「呃，可是我開心的話，妳就會表示不爽然後攻擊我吧？」

「那不是理所當然嗎！」

「什　麼　叫　理　所　當　然　？」

我對紫苑使出了金剛爪。

「投降投降！」

紫苑伸手猛拍大喊投降，因此我只好放開她。而似乎在沉思什麼的白草開了口。

「那、那電話呢！就算不能待在一起，講電話可以吧？」

「啊～～這確實是個辦法……」

我並未設想到這一點。

畢竟那樣不算兩人獨處，確實能保有分寸。

「但是講電話就不能讀書……」

「不是那樣喔，小末。我們保持在通話狀態，然後各自讀書。」

「原來如此，我沒想到可以那樣。」

我敲了一下手。

「表示可以用保持通話的方式監督彼此用功？」

「沒錯。那比一個人讀書更能保持緊張感吧？」

我是沒有嘗試過，但聽說也有那樣的念書技巧。

這麼做的好處應該就是不容易偷懶。忍不住把手伸向漫畫或電玩，或者別無理由就動手開始打掃——這在讀書時並不算罕見。假如一邊跟人通話，這類舉動都會被對方聽在耳裡。

更何況，這次我的學伴是白草。面對初戀的女生，我不太希望露出自己的矬樣。若要打造一個讓自己振奮的環境，這樣應該可以評為滿分。

「那太感激妳了！請務必這樣監督我！」

「那麼，因為今天我還有點事要忙……就從明晚九點開始，可以嗎？」

「好啊！」

「還有，這件事要對別人保密。」

「為什麼？」

「畢竟志田同學或桃坂學妹聽說以後，一定會說自己也要吧？」

「唔……」

會。她們絕對會說。

「那樣一來，到最後要不是三個人輪流，就是一起開視訊通話……無論選哪一種，我認為反而都會變得無法專心讀書。」

「……說得也是。」

那一幕彷彿浮現在我的眼前。

「小末，你不會隱瞞事情，又注重公平，我認為是很好的優點。但這次提議的人是我，所以我認為通話讀書的做法你要幫忙保密，只與我分享才對。難道不是嗎？」

「嗯，說得對。」

我點了頭。

「我覺得這是可以提高讀書效率的絕佳辦法，而且告訴大家就會得不償失。小白，妳說得對，這件事情要保密。」

「小末……」

就在這時候，紫苑悄悄地舉起手。

「白白，我也要一起通話——」

「可以啊。」

白草露出了前所未見的和氣微笑。

「不過，紫苑，要是妳干擾到我和小末就別想活嘍……妳有這樣的覺悟嗎……？」

氣溫好像低了兩度左右。

白草依舊帶著笑容。然而，那比她用虐待狂眼神說出「要讓人絕後」的時候還恐怖三倍之多。不容絲毫曲解，認真無比的警告。

紫苑顫抖著說：

「沒有，我不敢……」

看來光是低頭回答就讓她耗盡勇氣了。

＊

真理愛等待的地方是一間英式庭院風格的咖啡廳。

我第一次進去，裡面時尚得讓身為高中生的我感到格格不入。

但真理愛是名人，即使穗積野高中的學生已經看慣，她走在外頭要是不藏頭遮臉，仍足以引起騷動。對這樣的真理愛來說，約在有包廂的這間店正合適。

真理愛在店家一角的包廂裡悠哉地享用漂浮可樂。

「嗨，小桃，讓妳久等啦。」

「啊……不會，沒關係的，末晴哥哥……」

嗯……？真理愛的反應好像跟以往不太一樣……

平時的真理愛會一邊說「末晴哥哥真是的！人家等了好久！」一邊抱過來。

然而她現在卻放下湯匙，並且低著頭。

「怎麼了嗎……？」

「啊，那我幫末晴哥哥叫店員過來！」

真理愛不跟我對上視線，而是迅速探身到走廊叫了店員。

……果然不像她平時的作風。

店員進來問我：

「請問要點些什麼？」

「可樂——啊，剛才我喝過了……那給我柳橙汁吧。」

「不用附醬油嗎？」

「咦？」

「咦？」

我好像聽見了很荒謬的發言，該不會是心理作用吧……

姑且重講一次好了。

「請給我一杯柳橙汁。」

「啊，好的，我明白了。」

貌似大學生的男店員公事公辦地點頭以後，就匆匆離開了包廂。

「剛才，他怎麼會那樣問我……」

「啊，末晴哥哥，感謝你來到這裡。」

真理愛說著就對我低頭行禮。

但我不喜歡這種見外的禮節。

「小桃，妳是怎麼了？」

「什麼怎麼了？」

「不知道該說妳變乖了，還是失去本色。如果妳不像平常那樣有活力，我就會覺得比較不自在……」

既文靜又乖巧。

真理愛現在就像個沒見過世面的大家閨秀。

要說的話，真理愛本來就長得可愛，又有氣質，身段還很優美。但平常她都是一副氣定神閒的模樣，看起來有幾分心機，可以說她跟所謂的「沒見過世面」應該處在兩個極端。

而現在，真理愛窺伺過我的臉色就垂下目光，顯得欲言又止，猶豫到最後甚至臉紅不吭聲了。我從來沒看過她這種舉動。

老實說，有種新鮮的可愛感。之前的風波讓我開始意識到真理愛，因此這種新鮮的刺激又讓我的心受了挑動。

「妳、妳的身體並沒有不舒服吧？」

「是、是的！人家不要緊！之前演話劇的疲勞已經消除了！對不起，讓末晴哥哥擔心我！」

真理愛拍了胸脯強調自己有精神。

但她的臉還是很紅，可以感覺到一股形容不出的羞赧。

再這樣下去，難保不會變成雙方都因為害羞而沉默——我這麼心想，就鼓起了虛張聲勢的活力說：

「我收到妳的訊息啦，裡面寫著『成績方面有後顧之憂，所以要找我商量』，舉體來說是要商量什麼？」

真理愛似乎也想起這次的正題了。

她稍微鎮定以後，表情就變得嚴肅。

「如同末晴哥哥所知道的，插班入學的我在學力方面相當吃緊……因此，要是能跟末晴哥哥一起念書不知道多好～～人家是這麼想啦……」

話說到最後，真理愛似乎滿害臊的。這使得我也跟著害臊起來。

不過她並沒有說什麼奇怪的話。雖然態度有違本色，以學生來說「為了念書尋求協助」是積極正向的發言，我身為學長應該可以說不得不幫忙。

「我明白了，小桃。我幫妳。」

「末晴哥哥……！謝謝你！那人家明天起就立刻去末晴哥哥家報到嘍！」

「嗯……？」

奇怪，我對這段對話似乎有印象——

「請將打掃和做飯都交給人家！還是說……要連洗澡都一起洗呢？」

「居然又是這一套嗎～～～！」

我頭大了。

真理愛眨起小動物般的大眼睛。

我閉上眼，深呼吸以後才向她說明。

真理愛聽完說明，就鼓起臉頰說：

「……原來如此。意思是為求公平，末晴哥哥不會邀任何一個人到家裡。」

「是啊。對不起喔，我很感激妳的心意啦。」

「真遺憾～～噗～～」

總之她似乎願意理解，我便放心了。

不過真理愛是轉學過來投靠我的學妹，我要求她自己努力苦讀的話，未免太不近人情。

因此，我準備了替代方案。

「說是補償也怪怪的，我們放學後要不要在社辦開讀書會？」

「！」

真理愛眼睛一亮，亮得簡直讓我懷疑她眼裡是不是鑲了星星。

「好主意！務必要這麼做！人家一直都懷有憧憬喔！對於讀書會！」

「噢，那太好了！」

「用功的學長與學妹；拉近的距離；相觸的手。不知不覺中就無法專注於教科書，只在意對方的呼吸……於是情不自禁交集的目光變成了信號，兩人的形影逐漸重疊──就是這樣對不對，末晴哥哥！」

「讀書會不讀書是不行的吧～～～～！」

沒想到我居然會有說這句台詞的時候……真理愛這孩子太恐怖了……

我嘆了氣，並將話題繼續下去。

「讀書會的成員就找小黑和小白……也跟玲菜說一聲好了。」

「咦～～可是人家比較喜歡兩人獨處。」

「那會緊張得效率下滑吧。」

「！」

糟糕，我把真心話說溜嘴了。

而且真理愛並不會漏聽。

「哎呀呀～～末晴哥哥，跟人家兩人獨處的話，你會意識過度而壓抑不住興奮，才會緊張對不對～～呵呵，你好可愛喔～～」

真理愛探出身子，一邊賊笑一邊摸了我的頭。

為了保有分寸，我輕輕撥開她的手。

「欸，我可沒有說得那麼誇張。」

「沒關係沒關係～～末晴哥哥不用明說，人家也可以理解喔～～」

「不然妳跟我獨處會是什麼感受？」

「唔……要、要問的話……人家覺得就更不用明說了……」

真理愛坐回去以後，就忸忸怩怩地撥弄起手指。

不行啦～～！這樣不合妳的本色，我卻覺得可愛到爆炸～～！

我清了清嗓，拚命找回理性。

「老實跟妳說，憑我的學力只顧教妳功課會出問題。畢竟在群青同盟裡，我跟妳的學力都不太妙。」

無從反駁的道理讓真理愛敗興。

「的、的確，末晴哥哥說得對……」

「當然，憑我的學力能不能把妳教好也有問題。所以嘍，找小黑、小白、玲菜這些人來幫忙是難免的吧。」

「……我明白了。」

真理愛洩氣地垂下肩膀，但她似乎能夠體諒。

「不過，要開讀書會……人家是第一次參加呢。老實說，以前人家都把讀書會當成漫畫裡的情節。沒有讓末晴哥哥一對一伴讀固然可惜，但現在這樣我也很期待。好有學生的感覺，真是不錯呢。」

讀書會是我臨時想到的主意，不過她比想像中還要開心。

能拿出學長的擔當，讓我有了滿足感……可是——

——隔天，讀書會。

「小晴，關於這一題的解答——」

「志田同學，妳會不會跟他靠得太近了一點？」

「我平常都是這樣的啊。可知同學，妳就是心理上跟小晴有距離，才離得遠吧？」

「什——那我也要到小末旁邊！」

「啊，那人家也要！」

「桃仔～～大家正在用功喲！」

「唔唔，被妳們從兩旁包夾，要我怎麼專心——呼哇！欸，小黑！」

「什麼事？」

「那、那個，妳在這種情況下握我的手——沒事。」

「是喔？沒事就好。」

「有跡象顯示志田同學又在打不規矩的主意——」

「對呀。人家也有感受到跡象就是了——」

「唔唔，即使妳要我回握妳的手，可是這麼多人看著……」

「志田同學果然很可疑！」

「請妳保持安分，黑羽學姊！」

「妳們在說什麼呢？要我安分，辦得到就試試看啊。」

「「唔唔唔唔！」」

「唉，大大的身邊鬧成這樣是要怎麼讀書呢……」

——情況便是如此，讀書會只辦過一次就結束了。

＊

吃完營養午餐，午休時間隨之開始。
朱音離開座位以後，就到了走廊往三年級的教室走去。
「我想跟你談談，可以嗎？」
朱音這麼向間島搭話。
教室裡鼓譟起來，每個人感覺都像目睹了難以置信的畫面。
「咦，她就是全校知名的……」
「讀一年級的志田朱音，腦袋好到不行。」
「唔哇，好可愛。她果然跟黑羽學姊還有小碧長得有點像。」
「聽說那個女生個性孤傲，怎麼會來找間島……？」
朱音無法理解為什麼會造成騷動。
因此她不理會，仰望比自己高三十公分以上的間島。
「不行嗎？」
「沒問題！」

臉色一亮的間島理了理飛機頭，然後毅然答應。

朱音想不出適合談話的地方，所以跟接受告白時一樣，來到了校舍後面。

「話說……你們幾個傢伙跟在後面搞屁啊！找死嗎！」

間島轉向背後，開口威嚇。

從校舍轉角偷看的幾個同學被嚇到，夾著尾巴逃掉了。

「嘖，都是來看熱鬧的！他們怎麼對別人那麼有興趣啊？搞不懂！」

「這一點我有同感。」

「喔，真不愧是朱音！妳能理解啊！」

「不過——對不起。」

想盡快讓事情收場的朱音斷然告訴對方。

「之前，我保留了告白的答覆——但是對不起。」

「……咦？」

「我有在意的對象，因為我想找那個人做戀愛諮詢，才保留了對你的答覆。但是，那個人教訓了我，說我做的行為對你很失禮，所以我要向你道歉。」

朱音深深地低下頭。

「唔唔啊！」

間島大受震撼而跪在地上。

超乎想像的反應讓朱音吃了一驚。

「奇怪？我認為自己都有跟你老實說，這樣不行嗎……？」

間島抱著頭懊惱。

現場安靜下來以後，周圍傳出了竊竊私語聲。

『哎，我就覺得奇怪……』

『應該說，這樣滿符合朱音的作風吧……』

『間島未免太像小丑……』

『錯在他自己要得意忘形吧。』

『間島那傢伙以前揍過我，這下他活該。』

『朱音有在意的對象才是更重要的焦點吧！』

『誰啊！朱音在意的是誰！從對話來想，對方是年長男性嗎！』

朱音環顧四周，就發現跟間島剛才威嚇趕人的地方不一樣——有同學躲在樹叢後面與體育館角落。

「你們這些傢伙！話都隨你們在說！」

「慘了！」

發火的間島撲向那些偷看的同學。

朱音不知道該怎麼辦才好，只能杵在原地。

「朱音！」

蒼依就在這時候趕來了。

「怎麼了，蒼依？」

「那是我要問妳的耶。我聽別人說妳跟間島學長兩人單獨到了校舍後面……」

「嗯，剛才，我拒絕了他的告白。」

「果然是這樣……」

「你們幾個躲躲藏藏的搞屁啊！」

間島的吼聲讓蒼依怕得挽住朱音的手臂。

「朱、朱音，妳不要緊嗎？」

「我是不要緊……蒼依，現在我們可以走了嗎？我認為自己姑且已經確實拒絕了，可是，那個人卻跑去打架了。」

「這個嘛——」

「喂，站住！間島！又是你在惹事嗎！」

有老師的聲音。

朱音看蒼依將她的制服抓得更緊，就覺得事態似乎有大麻煩了。

*

到了夜晚，彷彿要沁入骨子裡的寒意就隨之湧上。

我跟往常一樣被志田家找去吃晚餐。

「「「「「開動。」」」」」

飯桌前的成員有以黑羽為首的志田四姊妹，加上銀子伯母與我，總共六個人開飯。道鐘伯父今天似乎仍窩在大學。

當我大啖銀子伯母的極品料理時，黑羽嘆息了。

「嗯，妳怎麼了，黑羽？」

為人母親的銀子伯母沒有漏看她的嘆息。

「啊，沒事的，媽媽，沒有什麼。我只是有點累。」

「畢竟讀書會搞得一團糟嘛。」

我回想起幾小時前的狀況。

黑羽、白草、真理愛展開三方互鬥，搞得現場沒辦法讀書。

「末晴會參加讀書會～～？什麼狀況啊，真稀奇。」

碧戲弄人似的說道。

「嗯，我們是在社辦舉辦的，卻完全沒讀到書……」

「讀書會為什麼會弄成那樣啊……等等，啊～～我懂了！白草學姊跟那個惡女也在場嗎！」

碧似乎推敲到了我覺得難以解釋的部分。

「妳真的很喜歡小白又很討厭小桃耶。」

「誰教白草學姊長得漂亮，給人成熟的感覺，而且還一副酷樣，看了就會憧憬吧？那個惡女動不動就想利用我，所以不能原諒。」

「我倒覺得妳跟小桃滿投緣的耶。」

「並沒有～～那女的才不會輕易跟我交好！她屬於吵完架以後認同彼此打算握手時，就會設法算計人的那一型！」

……哎，的確。我無法否認真理愛屬於那一型。

可是，明明雙方對話次數不多，卻能理解到這種程度，我不由得認為這能證明她們並沒有那麼合不來。

「跟晴哥開讀書會……好好喔。」

朱音嘀咕了一句。

「以朱音的學力來想，怕是數學方面現在就已經比我強了。」

「晴哥，那要不要我教你數學？」

「呃～～不好啦，還是算了。」

我搔了搔臉頰。

「為什麼？」

「跟妳學數學的話，感覺就算是我也會自尊心粉碎而無法振作……」

向國中一年級女生求教的高中二年級學生……

我自認很了解朱音有多優秀，但這種對比實在讓人不好受。我要自己努力克服這點學業上的困難。

「…………是嗎？」

朱音顯得比想像中還要落寞。

當我煩惱是不是講幾句話打圓場比較好時，銀子伯母就開口閒話家常：

「對了，朱音，老師有跟我聯絡。以後妳要注意。」

「叫我注意……我又沒做錯什麼。」

來自老師的聯絡？銀子伯母說這話有不平靜的跡象。

我一面品嘗鰤魚燉蘿蔔，一面豎起耳朵細聽，黑羽便說：

「那是不是跟朱音之前提到的保留告白答覆有關係？」

啊，果然，黑羽也知道那件事。我都曉得了，黑羽沒道理不知情嘛。

碧加入了話題。

「當時我不在場，所以只有聽見傳言，狀況是怎樣啊？朱音把間島甩掉了，對吧？然後怎麼了？」

「中途我有到現場。」

蒼依悄悄地舉起手。

「我到現場是在朱音拒絕告白以後，不過好像有很多人躲起來偷聽她拒絕對方的場面。因此，間島學長就生氣了。」

「啊～～所以就鬧成打群架啦。」

我這麼一說，蒼依便露出苦笑。

「咦，這樣的話，朱音並沒有錯吧？」

「晴哥……」

朱音濕了眼眶朝我望過來。

蒼依微微地嘀咕了「唔」的一聲，還按住自己的胃。

「這點是非我也明白。不過妳這孩子要拒絕男生，總有更好的做法。」

「咦～～可是銀子伯母，朱音還能有什麼做法？」

「據說朱音為了拒絕那個學長的告白，明目張膽地跑到學長的教室找他講話。那樣就算後來換了地方，其他人當然還是會想辦法跟去偷聽吧？」

「唔，確實是這樣。」

朱音讀國中一年級，向她告白的男方聽起來是三年級。

一年級的女生跑去三年級男生的教室，還明目張膽地把人叫出來……當然會引人注目吧……

「照我這個當母親的看來，黑羽、蒼依，妳們被告白的次數都比朱音多吧？」

「咦咦！這、這個嘛……！」

蒼依滿臉通紅。她似乎想糊弄過去，但銀子伯母說的應該是事實吧。

「並沒有那麼誇張……」

蒼依只嘀咕這些就噤聲了。

另一方面，黑羽則是冷淡應對。她散發出「這不好說耶」的氣息，一邊淡然做出在鰤魚燉蘿蔔上面淋楓糖漿的蠻橫舉動。

「碧被告白的次數也跟朱音差不多吧？」

「媽、媽媽，妳怎麼知道的！」

「妳們別小看我這個當母親的喔。」

我好聲好氣地向心慌的碧搭話。

「這樣啊，妳真是辛苦耶，碧。被那麼多女生告白的話，是不是快要覺得改跟女生交往會比較好？」

「白痴末晴～～～！跟我告白的幾乎都是男的啦～～～！」

碧伸手揪住了我的胸口。

還脫口說出「幾乎」這個詞，真是老實。我覺得這是妳的優點喔。

「好了，你們倆都坐下！」

被銀子伯母罵了以後，我們才不甘不願地坐回座位。

「換句話說，既然黑羽她們沒有惹出類似的問題，就表示朱音的應對方式還有地方可改進。我當然知道錯不在朱音，也明白朱音並沒有惡意，所以才簡單叮嚀個幾句。要是妳不懂該怎麼做，可以問黑羽喔。感覺她拒絕人會比我更巧妙，是吧？」

「哎喲～～！媽，不要用這種方式把話題丟過來嘛。雖然這根本沒什麼訣竅，重點就只有態度誠懇，並且盡可能明確地告訴對方沒有那種可能性。碧，妳也這麼認為吧？」

「別把問題丟給我啦，黑羽姊！」

「哦～～那好吧。總之我是認為，別擺出讓男生覺得妳對他有意思的態度就好了。懂了嗎，朱音？」

「嗯，以後我會注意。」

最喜歡的姊姊出言建議就管用了吧。

朱音帶著認真的表情點了頭。

*

我提早從志田家回到自己家裡，正在重新確認考試的範圍。

白草說好今天晚上九點會打電話過來一起讀書。

我打算趕在那之前補一下讀書會沒念到的進度。

可是——

「不行啦，都看不懂！」

我發現狀況不妙。好像姑且有進展，卻也好像完全沒進展。

還有個問題是——

「唔～～！我不想讀書～～！」

集中力短缺到了令人絕望的地步。

明明知道自己非用功不可，卻因為無聊過頭，腦袋立刻就會抗拒。

有沒有什麼好辦法呢……就在我如此思索的時候。

——叮鈴鈴鈴鈴！

「電話來了……！」

時間是九點整。不愧是白草，一分鐘都不差。

就算彼此變得再怎麼要好，跟自己放在心上的女生通電話仍是我憧憬的事情之一。

或許是因為跟黑羽或真理愛通過的電話已經數都數不完，她們的來電就不太會讓我心動。

但是，白草不一樣。

光這樣我就緊張，急忙抓起手機的那一瞬間還因為手汗而滑掉。

「唔喔！」

差點弄掉手機的我到最後是在半空像耍特技一樣把手機接住，響到第五聲時才順利接聽。

「喂、喂喂喂！」

『晚安，小末。準備好念書了嗎？』

「當然！萬無一失！」

雖然我只有完成準備，書卻完全沒有讀進腦子裡，這一點就別提了。

『吃過飯了嗎？』

「有啊，小黑家邀了我去吃飯。」

『在志田同學家吃飯……』

白草的聲音漸漸萎縮……

看她有這種反應，果然還是有把我放在心上吧……？我不禁這麼想。

然而，我決定不要深究這一點。

畢竟我討厭想太多，即使她真的把我放在心上，目前我仍有迷惘。就算知道真相也不會有任何進展。

所以我決定換一個話題。

「不過，幸好有跟小白約好通電話。」

『咦？』

「其實我原本正在一個人苦讀，集中力卻很快就會中斷……」

『！就、就是啊！幸好有我出的主意，對不對！』

白草忽然恢復了精神。

能先讓她改善心情就是好事，因此我決定順勢說下去。

「對啊，真是好主意！總之我們今天試試看一起讀書，能順利專心的話，要是下次還可以用這種方式讀書就太令人高興了……」

『！沒有錯！來吧，讓我們開始用功，小末！』

噢噢，白草拚勁十足耶……

看來這樣並不會冒出什麼情調。跟女生在晚上通電話不免讓人心情雀躍，但是我要留意。

畢竟白草個性正經，假如我有不檢點的想法——

『我討厭色瞇瞇的人。』

難保不會被她這麼說而受到討厭。好不容易建立了良性的關係，我必須誠懇以對。

「小白，那我去拿參考書過來。」

『準備好以後，我們可以互相講明今天要讀的範圍與目標。我認為這樣就比較不會偷懶。』

「也對，就這麼做。」

於是我們開始一邊通話一邊讀書。

——兩小時後。

『我們休息一下吧。』

白草說的話讓我回過神來，抬頭看了時鐘。

「好猛，這樣讀書超有效率的……」

『小末真厲害耶。你的進度比目標多了一倍，不是嗎？』

因為保持在通話狀態，聽得見細微的呼吸聲或翻閱參考書的聲音。用這種方式面對參考書，會覺得身邊有人陪著，有助於專心。

當然，我不想讓白草看見自己不光彩的一面，這樣的心情也發揮了作用。畢竟目標已經講明了，讀完多少進度她都曉得。正因如此才不能掉以輕心。撒謊的話，要聲稱自己讀了多少進度當然都可以。但我就算再怎麼懶惰，也不至於無恥到那種地步。至少，此時此刻非努力不可。

如此心想的結果——成果就比目標多了一倍。

『答對率也節節上升了呢。照這樣用功，你的成績絕對會進步。』

「謝啦。這都是拜小白陪我讀書所賜。」

『呵呵，不客氣。』

有表現就能得到白草誇獎也令人高興。這應該可以說是自己努力用功後所能得到的最高獎勵吧。

有中意的女生守候、聲援自己的話，我覺得自己就有無窮的力量。

連我都覺得自己單純得像個傻瓜。

『對了，之前你提到自己去了志田同學家吃飯對吧。你們都聊了些什麼呢？』

白草拋出了話題。

畢竟已經用功兩小時之久，休息時順便聊個天也是必要的吧。

如此心想的我喝著事先準備的營養飲料，一邊說道：

「今天發生了跟朱音有關的小麻煩──」

當我講完朱音那件事以後，手機另一端就傳來了擱下杯子的聲響。

『跟國中生相處不容易呢。成熟的國中生不會遜於大人，反觀幼稚的國中生就還是跟小學生一樣，我實在應付不來。』

「就是說啊。朱音的學力以及冷靜度連大人都比不上，可是她有時候會缺乏一般的常識。滿讓人擔心的。」

話說到這裡，我啃起了準備來當宵夜的餅乾。

『的確，儘管在沖繩旅行不太有機會跟她說話，但我有感受到那股氣息。』

「我希望朱音幸福，卻又覺得她要交男朋友好像還太早……」

『呵呵。』

從手機冒出的柔和笑聲讓我心跳加快。

有別於跟黑羽或真理愛在一起的時候，白草與我兩人獨處基本上都是既和氣又溫柔。她細細的笑聲讓我感覺自己受到信賴，挑動著我的心。

白草並不像黑羽那樣住在隔壁，也不會像真理愛那樣積極地跟我拉近距離。所以跟她們倆比起來，白草與我兩人獨處的機會偏少，然而單獨交談時的新鮮感以及意識到彼此的次數可說排在第一。

『小末，你就像爸爸一樣耶。』

「真過分！我才沒那麼老！」

『可是，誰教你——呵呵。』

對於白草說我像爸爸的發言，我是打算堅決否認，不過白草的「呵呵」有種崇高感，因此我無法多頑抗就接受了。

「哎，我懂妳的意思。可是身邊年紀比我小的女生大多是腦袋機伶的小妹妹或囉嗦鬼。」

『你跟小碧總是在吵架嘛。』

「她的定位算弟弟，所以另當別論。」

『小碧偶爾會找我討論以後的出路或學業，不過她也說過跟你類似的話呢。』

白草嘻嘻笑了。

「小白，原來妳跟碧有在聯絡啊。」

『真的是偶爾而已。不過，她大概是因為共通的話題較少，對話一停住就會立刻聊你的話題，還都是跟你吵架的事。你們真要好呢。』

「才不是那樣。每次我都是被找碴而困擾的那一方。」

『小碧的說法也跟你一樣。』

聊到這裡，白草又優雅地笑了。

「哎，碧的事情先擱一邊。小桃和小蒼都比我機伶，所以我能給的意見不多。玲菜屬於聒噪型，但她歷練滿豐富，我就不太能在她面前擺架子。可是呢，朱音的落差起伏非常明顯。」

『你是指她優秀的部分格外優秀，但缺陷也很大嗎？』

「對。所以我常常忍不住失去風範插嘴，因為朱音都願意乖乖聽進去，我就會想管她。」

『你果然像爸爸一樣。』

「至少說我有大哥的架勢好嗎？」

『確實很不可思議耶。我覺得你在面對小碧或蒼依時，都具有為人兄長的架勢……會不會是因為你想著非保護她們不可，那樣的念頭就傳達出來了呢？』

「我是不否認自己有那麼想啦……」

『越讓人費心的小孩越可愛，你說是吧，孩子的爸？』

「別、別消遣我啦，小白。」

『對不起，你是覺得叫哥哥比較順耳吧。呵呵呵。』

這種無意間的舒心互動，讓我更加意識到白草。

黑羽那種針對要害的肢體接觸讓我心動，真理愛那種無須多費言語也能攜手邁進的伴侶感令我十分歡愉。

相較於她們倆，白草以那層意義而言最像外人，不過彼此拉近距離的過程也是因此才讓我感到新鮮。初戀的女生是一朵會寫小說又能拍攝寫真的高嶺之花，根本就像雲端上的存在，所以對話帶來的特別感遠超過關係熟稔的黑羽或真理愛。

『啊，時間差不多了。我們再開始念書吧。』

「也對。」

我拍了拍臉頰，重新提振精神。

跟白草講話不太有情調，但這樣能令我安心，或者說，我可以從中感受到彼此正在累積信賴關係。我與阿白正在慢慢彌補這六年失去聯絡的互動。

如今我意識到了黑羽、白草、真理愛，對受到罪惡感苛責的我來說，像白草這種正經八百又不逾矩的相處方式感覺就非常輕鬆。

時間不知不覺過了凌晨零點。

明天放假，所以要再繼續讀書也無妨，但是一整天的疲勞難免讓我睏了。

「差不多該結束了。」

『對呀。那麼，小末……這種讀書方式，你明天還要繼續嗎？』

白草怯生生地問道。

『我、我本身覺得效率很高喔。能幫助到小末，我也很高興。假如小末想繼續，我也樂意奉陪喔。』

「真的嗎？太謝謝妳了！」

我一說，白草的聲音就變得興高采烈。

『那就說定嘍。明天我們也從晚上九點開始吧。』

「好，麻煩妳了！」

『呵呵……跟小末單獨舉辦的祕密讀書會……這樣我們就養成了單獨講話的習慣……大大地前進了一步……即使說我已經贏了是否也不為過呢……』

聽不清楚白草在說什麼，但她好像進入自己的世界了。

我戰戰兢兢地喚道：

「小、小白……？」

『啊，小末，對不起。我不小心在獲勝的餘韻中沉浸了一下。』

「什麼勝利的餘韻啊……」

『別在意，小末。單純是我這邊的事。』

我心裡浮現了「這邊是哪邊啊」這句吐槽，卻覺得說出來會把氣氛搞僵，就決定把話留在腦海裡。

「那我差不多該——」

『是啊，也對。晚安，小末。』

「嗯，晚安，小白。」

房裡恢復寂靜了。切掉通話後，只有我一個人的家是如此安靜。

我伸了懶腰，然後走向浴室。

然而洗完澡出來以後，原本愛睏的身體卻清醒了。

當我猶豫著該怎麼辦時，闖進視野的是——

「啊……」

黑羽的房間燈還亮著。

比我更會讀書的黑羽還在用功。

那麼——我也非拚不可。

我舒展過僵硬的脖子後，再次面向書桌。

第三章 三種組合

＊

校內響起鐘聲。

我看著老師收回答案卷，然後離開教室的身影。

「唔唔唔……考、考完了……」

在看不見老師的同時，解放感隨之湧上。

累透了。可是有比那更強烈的喜悅包裹著全身。

「呀呼～～！好耶～～～～！」

這樣一直到過年都不會有大考！可以盡情地玩了……這倒是無法說死，但無疑已經通過一大關了吧！

「小末，辛苦你了。」

當大家都在談笑時，白草來到了我的座位。挺稀奇的舉動。

或許是因為白草基本上不習慣引人注目，她在有同學目光的教室裡都不會積極找我講話。

白草本來就很顯眼。雖說我們參加同樣的社團活動，要是她跟容易招來傳言的我待在一起，不管怎樣都會被別人說閒話。我不太喜歡這種事。

我跟黑羽講話中途被白草攪局則是常有的事。旁人看了會覺得攪局更容易引人注目，不過她本人心中似乎是把干擾黑羽排在第一優先，所以不算在內。

「小末，你考得怎麼樣？」

原來白草是想確認這一點。

這次我跟白草互相勉勵用功，為此她才好奇我有沒有把握吧。

「多虧有妳，我滿有自信的耶。」

結果是——萬無一失。

拜白草所賜，我比平時更能專心，讀的書都有發揮成效。在高中生活裡，這次考試應該可以說是我寫得最順手的一次。

「或許我有其中一科的分數贏得過妳。」

「真的嗎，小末？如果你說大話，之後可是會丟臉的喔。」

「啊，好過分喔。小白不擅長數學吧？我反而算拿手，所以那一科感覺有機會吧。」

「不然我們來打賭？代價很高喔。」

「哦～～有意思。要賭什麼？」

「這個嘛……」

「——你們聊的事情滿有趣呢。」

黑羽隨口加入了話題。

時間點未免太準。說不定她一直在伺機插話。

「志田同學，妳……！」

白草立刻瞪向黑羽威嚇。

這樣的發展幾乎已經成為套路——我剛這麼想。

「——！」

黑羽霍地輕輕握了我的手。

（居然在這種時候要求「柔觸式交流」嗎——！）

沒錯，只要被黑羽輕輕握住手就要回握，這是我跟她約定好的。

不過我本來想像那是在沒有任何人的地方……才悄悄地互相牽手。

但現在不一樣。

眼前都是人。何止如此，我跟白草話才講到一半。

要我在這種情況下跟她相觸……感覺簡直會讓我想入非非……

不過約定就是約定。我悄悄地回握了黑羽的手。

「……很好！」

黑羽用只有我聽得見的音量嘀咕。

我忍不住轉頭看向黑羽，她卻只是眨了眨眼，彷彿在說：「什麼事？」

從我開始避免互相接觸以後，黑羽都願意保持適當的距離。

可是……她會像現在這樣「抓住要點」。

大概可以說黑羽巧妙運用了悖德感吧。因為她當著眾人面前握我的手，使我不寒而慄，這樣我的意識就會被迫轉向她。黑羽利用這個原理是有跡可循的。

「青梅女友」本來就是不可告人的關係。像這樣牽手給別人看，即使只是短瞬的接觸也會讓我心跳加速。黑羽運用的便是這種心理機制。

真不知道黑羽打算抵達何種境界，她玩弄我的手段可說已經登峰造極了。

「志田同學，剛才妳做了些什麼……？」

白草似乎發現狀況有異，卻推敲不出黑羽做了什麼。不過她還是察覺到那是令自己不愉快的事，就散發出震怒的氣場。

但黑羽毫不畏懼。

「可知同學，我沒有要打擾你們講話的意思。對不起喔。」

旁邊的女同學聽見她這句話，都開始交頭接耳。

「騙人。」

「就是啊。剛才志田同學都有看準時機……」

「她回話時臉色改都不改，真的很厲害……」

這陣子，感覺班上同學開始看懂黑羽的行動了……既然她跟白草有過那麼多次衝突，應該也算理所當然吧……

「啊，小晴，現在正好有機會，我想找你談談——」

黑羽若無其事地把話鋒轉向我。

對話被干擾的白草蹙起眉頭。

「受不了妳，每次都要來攪局，這種情況哪能叫正好有機會——」

「你們從碧那邊聽說朱音的事了嗎？」

「志田同學，妳倒是給我解釋——咦？」

白草正要把黑色長髮撥到耳後，就這樣僵住了。

畢竟白草跟碧有著偶爾會聯絡的交情，朱音差點惹上麻煩那件事，由於我每天都跟白草通電話讀書，她也知道內情。正因如此，白草話說到一半才會好奇地停住吧。

「小黑，妳說的事情，跟朱音拒絕告白那次不一樣嗎？」

「嗯，我說的是後續發展。」

還有後續啊……從黑羽的臉色看來，似乎不是什麼好事。

「妳會提到碧，表示她也牽扯進去了？」

「因為她們同校，我有向碧交代過，要她在出事的時候幫忙保護朱音。」

啊，那倒也是。

碧跟朱音就讀同一所國中，她還是學姊。要保護朱音的話，應該比讀高中的我或黑羽更適任才對。

「這次的問題會有點棘手……幫忙注意到狀況的就是碧。或許算不幸中的大幸吧，我覺得趁現在還可以及時因應。」

「這個話題方便在教室談嗎？」

「可以是可以，不過——其實我想請群青同盟協助。狀況就是這麼難辦。」

「有這麼棘手嗎……！」

黑羽原本就不太會依靠他人，一定程度內的問題，她都能自力解決，而且她屬於在問題釀成麻煩前就會有所處置的類型。而她會求助於我們，可見這次碰上的問題堪稱大麻煩。

何況這是跟朱音有關的事。我也就罷了，群青同盟並沒有直接關聯。可是黑羽竟然會想仰賴群青同盟，到底是出了什麼狀況啊……

「具體來說，我想求助的有許多方面，比如哲彥同學的思維、可知同學或桃坂學妹的人脈，還有玲菜學妹的手段。」

「……我明白了。不然把大家找來一起聽妳說。哲彥，你聽見了吧？」

我前面的座位就是哲彥。

哲彥考完試並沒有離開，一直顧著玩手機。當成他都豎起了耳朵在聽我們對話應該不會錯。

哲彥從前面的座位直接往後仰，並且倒著頭說：

「了解，那就緊急召集嘍。真理愛和玲菜由我聯絡。十五分鐘後在社辦集合。」

「ＯＫ。」

因為這樣，我們幾個趕著收拾以後就前往社辦了。

＊

儘管才剛考完試就發出緊急召集，成員卻都按時在社辦到齊了。

唯獨玲菜似乎先跟其他人有約，據說之後會趕來。

我就座以後，真理愛便坐到旁邊。

「末晴哥哥，你考得怎麼樣？」

我豎起大拇指。

「算是從以前到現在考得最好的一次。應該沒有任何一科不及格……小桃妳呢？」

「這次人家是靠平均各科的分數來避險，照我看呢，要達成目標大概沒問題。」

「咦，什麼叫平均各科分數來避險？」

真理愛很乾脆地說了：

「考前的準備時間有限嘛，因此人家是可以集中在某幾個科目多拿分數，但這次的關鍵是一科都不能被當掉，所以讀書就要以穩固整體科目的基礎為優先嘍。」

「妳還是很會抓要領耶……」

懂得自我分析，再訂出實際的目標，進而穩紮穩打地達成。這種從學力看不出的好腦袋就是真理愛的本領吧。

「哎，因為這次請玲菜同學幫了許多忙。」

「畢竟她是學年第一名啊……」

光是學年第一名就夠厲害了，她一邊兼顧萬事包辦的詭異打工還能拿這種成績。我看玲菜的腦袋應該超好的吧……雖然態度很囂張！

「所以呢，志田，能不能說明召集我們是為了什麼事？」

哲彥難得坐在位子上。平時他都處於講解的立場，所以站在白板前才自然。

「嗯，我知道了。」

黑羽擱下東西站起身，然後就像哲彥講話時一樣，走到了白板前面。

「感謝大家今天聚集到這裡。」

黑羽先深深地低頭行了禮。

「今天我想在這裡商量的問題，是關於我妹妹朱音捲進的麻煩。」

「志田學姊提到的朱音，就是那個戴著眼鏡，臉上不太有表情的女生對吧？」

感覺真理愛是保險起見才開口確認。她們倆只有在許久以前真理愛到我家時，以及沖繩旅行時有過一點接觸，這也難怪吧。

「對，她讀國中一年級，跟蒼依是雙胞胎。」

「那個女生被捲進什麼嚴重的問題了嗎？」

「我想小晴知道中間的經過，為了確認，還是跟大家一起聽吧。」

黑羽說著便開始講述。

『之前朱音收到了據說是校內頭號不良學生的學長寫的情書，平時她都會立刻回絕，這次卻保留了答覆。』

『我問了理由以後，才知道她想對戀愛做研究，便予以保留了。』

『然後，朱音找了小晴商量，小晴似乎是建議她沒那個意思就應該盡快甩掉對方。我也贊成他這樣的意見。』

『由於有小晴的建議，朱音去找了寫情書的男生要拒絕對方，可是她明目張膽地跑到對方的教室找人。』

『多虧如此，同學們都偷偷地跟去，男方被甩掉的事情就弄得眾所皆知了。那個不良學長丟盡顏面以後大鬧特鬧，事情才發展成連老師都主動聯絡我媽媽。』

『接下來的事情小晴就沒聽過了。那個不良學長好像由愛生恨，開始在學校的網路留言版放話中傷朱音。』

『察覺到網路流言的是碧。我昨天才聽她談起這件事，就決定今天考完試要找大家商量。』

黑羽講完以後，沉默籠罩了社辦。

以我的觀感而言，有九成錯在那個寫情書的傢伙。不過朱音也有她應對欠佳的地方。我覺得就是朱音並非毫無過失這一點讓問題變得難辦。

「小黑，照妳這樣說，原因出在誰身上都曉得了吧？何況事情也已經眾所皆知，把那傢伙揪出來不就解決了嗎？我覺得把事情交給學校老師處理，暫時靜觀其變也是個辦法。」

白草及真理愛點頭。哲彥雖然沒有點頭，從他沒插嘴這點來看，想法似乎也跟我相差不遠。

「靜觀其變不太好……聽碧的說法，事情已經變得有點複雜了。」

「怎麼說？」

黑羽撥弄起側頭部垂下的麻花辮。

「你想嘛，朱音總是一副淡然的調調吧？面對問題又具有非是即否的傾向。」

「對啊。」

雖然我喜歡朱音那種特質，無法否認的是她那樣太過好惡分明，就會被別人視為不懂變通，或者待人冷漠。

「所以喜歡和討厭她那樣的人會很極端。況且雖然朱音本人完全沒發覺，但她頭腦好得可以上報紙，所以比碧或蒼依更容易受到注目。」

哲彥插嘴了。

「志田，妳想說的是朱音在學校得罪過不少人，而他們現在會不會也在幫那個寫情書的小子搧風點火？」

「簡單來說，就是這樣。」

「唔唔～～……」

我感到頭大了。我隱約能理解朱音得罪過很多人。

朱音有看似不懂謙虛的部分，畢竟她頭腦真的好，既然並沒有對人炫耀，也就不需要表現出謙虛。但是由戴著有色眼鏡的人來看，她那講話淡定的調調倒也不是不能看成心高氣傲。

我跟朱音從小就有來往所以能了解，她對任何事都沒有惡意，而且她其實有溫柔的一面，也願意拚命去幫助有困難的人，像我就被她幫過好幾次。

（然而……她確實也有對人不感興趣就覺得無所謂的毛病……）

朱音肯定也冷冷地甩了以往向她告白的男生吧。如此一來，當中即使有人對朱音懷恨在心也不奇怪，對被甩的男生有好感的女生更會覺得不爽，像這種剪不斷理還亂的老套糾紛應該也發生過相當多次吧。

於是趁這次不良學長搞出的事情，那些對朱音有惡意的人就跟著在網路上興風作浪……確實會有這種狀況。

「啊～～是這個留言版吧……哎，廢物才會搞這些手段。」

哲彥說著就拿手機給我看留言版的內容。

上面寫的是「其實她腳踏三條船」、「還用身體勾引過○○」之類……搞什麼鬼啊，這些人找死嗎？

比我設想的還要氣人。

露骨地在貶低朱音，全是些一看就知道子虛烏有的鬼話。

明明朱音是個不懂戀愛才認真煩惱自己非得研究清楚的女生……為什麼網路上這些人寫得出這麼惡毒的話……？

「這些謠言，看了超令人不爽耶。」

「小末，也讓我看看好嗎？」

「人家也想看。」

我把哲彥的手機遞給白草。白草和真理愛一起看了留言——然後都蹙起眉頭。

黑羽說道：

「我對網路方面不太有辦法，所以不曉得該怎麼做才能阻止這些人。感覺哲彥同學對這方面就很有辦法，小桃學妹似乎也有相關知識，或許可知同學也認識可以阻止這些網路討論的人士。因此在社團裡提起家醜固然過意不去，我還是找了大家來商量。不好意思，事情這麼突然。可是，我希望能請大家幫忙阻止這些人，拜託你們。」

黑羽深深地低下頭。

我既疼愛又仰賴，還當成妹妹對待的女生正陷入困境……這件事我根本沒有理由拒絕。

「這個忙當然要幫啊！大家也這麼覺得吧！」

我握拳做出表示，其他成員也陸續點了頭。

「像他們這樣，真的讓我非常反感。這種人自己躲在安全的地方，還中傷其他人，我絕對不會原諒。一定要找出這些留言背後的真身，讓他們見識地獄。」

「人家也有同感。對方玩這種卑鄙的把戲，不可以放過他們。受害的女生我也不是不認識，這件事我會盡可能協助。」

平時吵架的對象都願意大力支持，似乎讓黑羽深受打動。

「……可知同學、小桃學妹，謝謝妳們。真的。」

「這還用謝。」

「就是啊。」

「哲彥，你也同意吧？」

我拋了句話給哲彥，就發現他的視線落在拿回手邊的手機上。

「喂，你有在聽嗎？」

「嗯？啊，再等我一下。」

「你是在忙什麼啦。」

「唔～～確認謠言延燒的範圍吧？」

「啥？」

「啊啊～～果然連這邊也有。」

哲彥突然猛搔頭。

「喂，你在搞什麼？」

「不是啦，我好奇朱音這件事有沒有延燒到規模更大的留言版，就上網搜尋。然後呢，簡單逛完幾處主流論壇，看起來是沒問題。不過——」

「不過？」

「居然有蠢蛋發到鄉鎮留言版了。」

鄉鎮留言版就是地方上用來發表話題的網路討論區。

知名度及擴散力相較於主流論壇都低了好幾截。

可是——

「欸，朱音的大頭照被人在眼睛畫上黑線貼出來了啊。」

我壓抑不住憤怒了。

對方姑且裝成有在保護朱音的隱私權，但是看過她的人絕對認得出來。證據在於，其他留言就寫到了四姊妹這個字眼。

幸好留言版上何止沒有把話題炒起來，斥責發文者的風向還比較強。看來網路上有認識朱音的人想幫忙保護她。

但朱音的臉即使畫上黑線也看得出有多標緻，留言還提到她是美少女四姊妹之一，因此好像有許多人被勾起了興趣。話題仍在持續，照這樣黑羽等人的照片什麼時候被貼出來都不奇怪。

「哲彥！」

「行啊，畢竟沖繩旅行她有幫到忙，這差事我可以接。」

「謝謝你，哲彥同學。但是，你不會亂開條件吧？」

黑羽瞪向哲彥。不愧是黑羽，並沒有忘記先發制人。

「哎，我再怎麼愛計較，這次也打算當義工啦。不過，先別提是否要用群青同盟的名義向外界發表，我想還是要攝影或錄音比較好。天曉得我們會在何時何地被事態牽連進去。」

「這話是什麼意思？你說明一下。」

哲彥朝著黑羽轉了轉手。那好像是要跟她交換位置的手勢。

黑羽點頭讓出了白板前面的位置，並在空座位坐下。

哲彥代為站到眾人面前以後，拿了黑色麥克筆在白板上流利地寫了起來。

「這次的事情，可以活用之前末晴被雜誌社爆料往事的應對經驗。所以只要我放風聲擾亂，或者向留言版版主提出刪文要求，目前這些留言就可以先得到處理，但這樣治標不治本吧？」

「是啊，想抹黑朱音的人只要再留言就行了。想解決這件事情，得把那些傢伙統統揪出來，逼他們反省，免得以後再犯……欸，我看這有困難吧？」

我說著說著才發現，這次的問題相當棘手。

之前我的往事被人爆料，處理起來還比較單純。只要我向社會澄清真相，得到大家認同就行了。雖然我那次的話題規模更大，只要向外界澄清過一次，輿論就不會輕易被翻盤。

但這次朱音遭到抹黑，則是要對抗匿名用戶，而且對手是不特定的多數。

要抓大概可以抓到一兩個源頭，想揪出所有抹黑者就有困難。然而單純趁話題熱度找樂子的人八成也不少，即使風波一度平息下來，假如又有別的火頭燃起就必須一一去應對。

對喔，我只是沒能即刻掌握狀況，黑羽卻已經料到後續這些事態了，所以她才希望借助群青同盟的力量嗎？

「大前提是由我先來對付現在這些留言，接著我認為還要採取另外三項措施。」

「哲彥，你說的措施是指？」

哲彥往旁邊挪，讓在場所有人看白板上寫好的內容。

〇追究犯人的責任

〇增加夥伴保護當事者

〇拉攏老師

白草輕撫黑色長髮嘀咕：

「當然要對犯人追究責任。做出醜陋的行為，就必須受到應有的責罰。」

「增加夥伴保護當事者……原來如此。意思是即使又發生相同狀況，夥伴夠多就能立刻擊潰對方。」

黑羽把食指湊到脣邊，點了頭。

「拉攏老師這一點也可以理解。要防止對方再犯，這應該是必要的。」

真理愛梳起輕柔的秀髮。

哲彥彈響了手指。

「或許這件事不可能完全解決，但我認為採取這三項措施就能讓問題無比接近了結。」

「哲彥，這三招都不錯，我也能理解，但你剛才怎麼會建議我們最好先攝影或錄音？」

「嗯～～『存證備用』吧？」

「你就是這樣，每次都習慣先講結論。麻煩解釋得清楚一點。」

我噘起嘴，哲彥便瞧不起人似的聳了聳肩。

「好吧，如果用超簡單的方式為你講解，就是『群青同盟介入這件事，可能會讓那些抹黑者把矛頭轉向我們』。」

「啊……」

原來如此，這很有可能。倒不如說，對方本來就是樂於在網路陷害朱音的分子，以他們會反擊為前提來思考應該比較好。

「像這種時候，影片或錄音會發揮出效力。無論那些傢伙寫了再多假話，準備好證據就能輕易駁倒他們。另外，我們還可以讓那些抹黑者多逍遙一陣子，採取等人夠多再收網的手段。」

假設那些抹黑者寫了「群青同盟都在帶領對朱音有利的風向」這樣的留言，這時只要有收集存證的影片或錄音，誰在說謊就明明白白了。

「不過無論要用影片或錄音，都會有肖像權等問題。麻煩你們當成不得已時的最後手段。」

啊～～群青同盟公開的影片，基本上都是只找自己人拍的，再不然就是廣告或音樂宣傳片這類正式製作的產物。跟其他社團比賽的影片，也是跟對方社團簽過契約才可以公開。哲彥提醒的是這個意思吧。

將影片放上網路公開，可以說就是在全世界露臉。未經允許秀出他人的臉會構成大問題，所以要克服的門檻不低。

「我了解你說錄影或錄音比較好的意思了。大家對這一點也都沒有異議吧？」

沒有人對黑羽的問題提出異議，大家都點頭。

「那麼，請讓我用群青同盟企畫的形式提出動議。我覺得要這樣才符合程序。」

很像模範生黑羽會有的意見。明明大家都表示願意協助，她還是希望照程序來。

投票不到五分鐘就結束了。

「……最後一票也是〇。全體一致通過。」

掌聲籠罩了社辦。這樣幫朱音對付抹黑就成了群青同盟的正式企畫。

既然如此，接下來的問題就是行動方式。

表示有疑慮的是白草。

「剛才甲斐同學提出了三項對策，但這些基本上都必須在朱音念的國中採取動作吧？」

「啊～～聽小白這麼一說，的確如此……」

我跟黑羽姑且是那裡的畢業生，然而都升上高二了，要堂而皇之踏進母校會有遲疑。

「我也認為這三項對策有效，不過全體成員就這樣跑進國中未免太醒目，即使去了想必也無法一天就解決問題。最好考慮一下做法喔。」

「可知學姊，不然派少數精銳去執行怎麼樣？」

真理愛擺出了精明妹妹的臉孔說道：

「每項對策各派兩個人負責，去那所學校也一樣用分組輪流的形式如何？感覺這樣受注目的程度也能獲得節制。」

「不錯的點子。」

哲彥表示贊同。

「但我最好專心對付網路這一邊。麻煩把玲菜分配給我當助手。」

「這樣一來，問題就是另外四個人要怎麼分配呢……」

真理愛交抱雙臂，黑羽便挺身向前。

「這樣的話，讓小晴擔任陪我們到學校錄影或錄音的固定人員如何？然後，我們三個就分成三項對策的小組別。每項對策起碼留一個固定班底，也比較有利於情報歸納。同盟的人到現場以後，我會找一個妹妹幫忙引路，所以在國中進行活動想必就是三人一組。你們覺得如何？」

「還不賴。」

哲彥摸了摸下巴。

「要末晴當固定班底，求的是抑止力吧？」

「這話是什麼意思，哲彥？找我當固定班底，是因為組別裡只有女生的話會起爭執吧？畢竟如果小黑與小白組成搭檔起爭執，大概要找地球防衛軍才能鎮壓。」

「哎呀，末晴哥哥真是的。」

真理愛嘻嘻笑了笑。

黑羽和白草當然笑不出來。

「……你滿敢講的嘛，小晴～～？」

「……居然說需要軍隊鎮壓，不知道你是怎麼看我的呢，小末？」

「對、對不起……」

被她們從兩旁擰住臉頰後，我賠罪了。

「你還是一樣蠢耶，末晴。明知道會有這種下場還耍嘴皮。」

「哲彥學長也對末晴哥哥認識得不夠。他就是傻成這樣才可愛啊。」

「哎呀～～那我一輩子也沒辦法理解啦。」

「你們兩個講話別拿我是傻瓜當前提好嗎？我自認有自覺，可是聽了一樣會受傷耶。」

哲彥轉了轉脖子發出聲響，然後帶回話題。

「應該說，志田會把末晴算成派去國中的固定成員，表示這件事到底是需要男生當人手吧？我認為志田跟可知組成搭檔也可以應付，最怕的就是對方惱羞成怒對她們動粗，不是嗎？」

「啊……」

考量到這一點，只由女生組成搭檔確實有危險。

唯一確定的犯人是學校的頭號不良學生。照我聽到的說法，他塊頭大得超過一八〇公分。要是他聽說我們在打探情報，就突然跑來動手動腳──原來如此，那至少要有一個男生當人手。

黑羽露出了苦瓜臉。

「哎，我倒覺得那是想太多了。不過在國中生看來，會覺得男高中生又高又壯吧？我不打算議論男女的差別，但是有小晴在就可以對那個人造成壓力，對方要亂來確實也比較困難。」

「是啊，志田同學說得有道理。」

「人家也覺得末晴哥哥陪著才有依靠。」

「我明白了。出狀況時我會挺身保護妳們的。」

我拍胸膛如此主張以後，黑羽、白草、真理愛三人就各自對我送上笑容。

哲彥輕輕拍了白板。

「那現在要決定由誰負責哪一項對策——」

「我覺得增加夥伴來保護當事者這項對策適合我。」

黑羽的手指劃過手機畫面。

「因為我是畢業生，還有學弟妹在國中。我覺得借助他們的力量是最好的。」

「那妳確實適任，畢竟小黑妳讀國中三年級時還當過學生會副會長。」

當時的一年級，現在應該已經讀三年級了。

「……欸，奇怪？這麼說的話，我們也曾經跟那個叫間島的不良學生同校嘍？可是我不記得學校裡有那樣的問題人物耶。」

假如對方梳飛機頭，我肯定會留下印象才對……

黑羽幫忙回答了我的疑問。

「聽碧的說法，他好像是從去年才開始梳飛機頭還有跟人打架這些問題行為。」

「表示從國中二年級才開始？這算中二病的一種嗎？」

「誰曉得呢？」

原本一直盯著白板的真理愛悄悄地插話了。

「可不可以讓人家負責拉攏老師？感覺可以活用人家的知名度，再說這也是人家的長項。」

啊，確實是這樣。要遊說長輩的話，群青同盟裡應該沒有比真理愛更強的人才。

「那我來負責追究犯人的責任。這樣正好。以前我曾經被霸凌到拒絕上學，所以像這種暗地傷人的鼠輩，我絕對不會放過。」

事情就此敲定。

網路對策　　…………哲彥&玲菜。

追究犯人責任…………白草。

增擴夥伴　　…………黑羽。

拉攏老師　　…………真理愛。

攝影&貼身保鑣…………我。

嗯，我認為這是各展所長的陣容。

（實在太好了，朱音。）

我在內心呼喚朱音。

大家都站在妳這一邊。

這次，或許妳是有犯下過失。

但妳才讀國一，會受傷也會傷到人。光是回顧這幾個月，連高二的我也跟黑羽傷到了彼此。我認為問題在於那些恩怨要在當事人之間了結。所以，我並不認為朱音那麼做是足以在網路發起公審的過錯。

當年輕人做出脫序的行為時，年長者應該有責任從旁攔阻，迫使他們謹守分寸。所以我打算毫不客氣地介入這個問題。

還有，這樣做要是能讓朱音學會對別人多用心，那就太慶幸了。

朱音的好腦袋肯定可以幫助他人得到幸福，目前仍稚氣未脫的標緻臉孔遲早要迷倒眾多男性才對。正因為朱音擁有那麼多美好的特質，我更希望她學會如何運用。

身為鄰家大哥的我雖然覺得自己多事，卻止不住這麼為她著想的心思。

＊

隔週放學後，我和真理愛來到了自己的母校六條國中。

地點是靠近辦公室的側門。我們已經安排好讓朱音幫忙引路，因此正在等她過來。

放學的尖峰時間已過，即使如此還是有許多學生經過眼前。我們不希望招搖，所以每次都會主動低頭，偷偷把臉藏起來。

「末晴哥哥，今天好冷耶。」

真理愛隔著粗呢大衣摟住自己的身體。

「的確。不過一樣說是冷，我卻覺得有種別具意義的寒意……」

我也披著大衣。只是問題在大衣底下。

（國中時的制服……）

我大約有兩年沒穿這套制服了。

因為身高沒多大變化，我照樣穿得上。只是從衣櫃找出來對鏡子一照——有種莫名的cosplay感。

這種自取其辱的感覺讓我心生寒意。

（哲彥那傢伙……）

都是他出的餿主意。

『只去教職員辦公室一趟的話，穿便服就好啦。不過你們倆或許要到處打聽調查吧？穿得跟周遭學生一樣比較不會引人注目，萬一被發現也能聲稱群青同盟在拍片，蒙混過去啊。』

他講話依舊合理，才令人困擾。

唉——我嘆了氣。

真理愛拽了拽我的袖子。

平時她會挽住我的手臂，但這舉動是考量到我們人在外面，而我又想避免肢體接觸吧。

「末晴哥哥，聽說男性都喜歡學生制服，幾乎無一例外耶。」

「妳講話還是一樣唐突！」

「咦，難道人家說錯了嗎？」

「這、這個嘛，我想人各有所好吧？」

「末晴哥哥你呢？」

「當然是愛到不行啊！」

誰教制服可愛……被逼問就只能老實回答了嘛……

真理愛賊賊地笑了。

「那人家有好消息要告訴末晴哥哥！」

「咦，什麼消息？」

「在這件大衣底下，人家穿的是這所六條國中的冬季制服。」

「妳說……什麼？」

真理愛，妳這是什麼話啊……！沒想到不只身為畢業生的我，連真理愛都穿上了。

「哲彥學長提議以後，玲菜同學就幫人家張羅到了。」

「哲彥那傢伙居然天才成這樣……！」

讓女高中生穿國中制服，這點子會不會太絕了……？

真理愛隨手解開大衣的釦子說：

「回憶裡的國中。人家本來應該不會出現在這裡。末晴哥哥陷入幻覺，以為自己跟人家一起在這裡念過書，因而對制服所散發出來的女人香無法自拔——」

「不行不行不行！那樣做的話，我肯定會被母校列為禁止進入的黑名單！」

我抓住真理愛準備解開大衣最後一顆釦子的手，把她攔下。

從敞開的大衣底下已經能窺見誘人的制服。

我總覺得不好意思，就把視線從制服上轉開。真理愛看見我這樣便再度賊賊地笑了。

「被列入黑名單又有什麼不好呢？末晴哥哥，甜美的蜜糖都是有毒的喔。」

「那不是我應該涉足的部分！」

「末晴哥哥真容易害羞。人家隨時都歡迎你耶。」

真理愛露出笑容，張開雙臂，彷彿要我撲到她的懷裡。

「妳、妳別在這種地方跟我鬧啦……」

「那麼，意思是只要不在這種地方就可以嗎？」

「我不是那個意思……」

不行，開始意識到真理愛以後，連我都覺得自己吐槽的力道偏弱。

真理愛瞇起眼睛用手肘頂了頂我。

「來嘛來嘛，搭上這輛愛情特快車！」

「夠嘍～～妳別再消遣我了！這樣很羞人耶！」

我用拳頭在真理愛的兩側太陽穴輕輕轉了轉，她就開心似的尖叫扭身。

「──晴哥，你們在做什麼？」

回神後，我發現朱音就站在眼前。

她當然是穿著一身冬季制服。對喔，我不常看朱音穿制服，因此覺得既新鮮又可愛。

她一如往常缺乏表情──然而……

（該怎麼說呢……這樣看來……）

我放開真理愛，然後在朱音面前彎下身問道：

「朱音，妳該不會在生氣吧？」

「生氣？為什麼？剛見面就生氣？毫無邏輯性。」

「也、也對喔～～啊哈哈～～」

朱音原本就缺乏表情，所以很難看出她的情緒，但我還是覺得她好像在生氣。

當我無法理解朱音的心情而露出苦瓜臉時，真理愛站到了我旁邊。

真理愛跟朱音的個子差不多高，當然就不用彎下身。

「朱音，上次見面是去沖繩旅行，好久不見呢。我是桃坂真理愛。」

「……妳好。」

朱音只回答了這句，然後就跑到我後面。

蒼依有時候也會做出類似的舉動，但是她比較自然，意義也有所不同。

蒼依是因為怕跟陌生人相處而想躲藏，所以會躲到我後面。

然而朱音既不怕也不膽小。她是因為不感興趣又嫌麻煩，才會搶先拉開物理上的距離。因此她都不會掩飾自己的舉動。

真理愛在沖繩旅行時觀察過朱音，理應會知道這一點。

……不，大概正因為這樣吧。

她刻意靠近朱音，並且投以微笑。

「朱音，妳要不要叫人家『桃姊』呢？」

朱音立刻回答。

「不需要。」

「為什麼呢？」

「因為沒有意義。」

「這是有好處的喔。人家會把妳當成妹妹。」

「妳不用把我當成妹妹。」

「這樣啊？那朱音，妳對目前的狀況有什麼感覺呢？」

「……我覺得很麻煩。」

唉，想也知道是這樣吧——我心想。

朱音應該認為自己什麼事都沒做錯，可是網路上卻擅自把問題搞大了。即使現在被問到的不是朱音，只要是個直話直說的人，難免都會覺得「很麻煩」。另外，一般也會對這種情況感到「恐懼」。

「還有——」

「我覺得過意不去。」

朱音稍作停頓，然後補了一句。

我從這句話感受到了朱音的成長。

以往朱音要是覺得自己沒有錯，就不會那樣回話。

但世上並非行得端坐得正就可以事事順利。

明明自己沒有犯錯，還是會有給旁人添麻煩的情況。

朱音大概正逐漸學習到這一點。

從朱音的發言看得出成長，讓真理愛和氣地笑了。

「人家覺得妳的行動沒有任何問題。」

「是嗎……？」

「是啊。畢竟對方擅自來向妳告白，又擅自失控胡鬧不是嗎？妳哪有問題呢？」

「就、就是說嘛。」

朱音的姿勢略為前傾。

不愧是真理愛。好久沒看見朱音對我和志田家以外的人做出這種動作了。

「假如妳有需要考量的部分，那就是對方的水準。」

「水準……？」

「對。要獵捕山豬，即使喊話招降也沒意義，需要的是陷阱。視對象不同，有效的手段也會隨之改變。妳懂嗎？」

「……嗯。」

「對方是風評惡劣的學長。有句話叫物以類聚，評價一個人不只看他本身的言行，也要看他的交友關係。那麼，面對風評如此惡劣的人……妳覺得該怎麼應付才對呢？」

「不能跟對方牽扯上。」

「沒錯。這樣的話，妳的行動就有一項失誤之處。妳知道是什麼嗎？」

「……我保留了對告白的答覆。」

「對。不能跟對方有牽扯，妳卻給了他自作多情的機會。人家覺得這是一項重大的失誤。而且沒有瞬間認清對方的水準，造成了妳的失誤。說到這裡，妳有沒有異議？」

「沒有。這些話很容易理解。」

……原來如此。意外中的意外，原來真理愛與朱音合得來。

朱音完全是將理論看得比情感還重的類型，因此在勸導她時，說之以理是有效的。

而且相較於黑羽或白草，真理愛同樣屬於在行動上更加客觀且重視邏輯的那一型。即使她沒有說出口，心裡仍會有一套完整的理論，並且祭出確實的手段。她能靠著心機從演藝界的大風大浪撐過來，想必不是白混的。

當然，那並不只是單純合得來。真理愛看穿了朱音的本質，進而改換對話的方式，這應該也是不容忽視的一點。這種變換自如的身段正是真理愛的真本領。

（還有，真理愛之所以會率先提這個話題……）

肯定是因為她覺得在這個問題裡，最重要的是讓朱音整理心情。

我本來認為朱音只要能藉這個機會反省，然後進一步成長就好了。但即使稱作反省也只是替朱音點燃火頭，之後就任火勢發展了。

因此，我們當中沒有任何人對朱音感到憤慨，也不會強迫她自我反省。為此真理愛才要點明朱音的失誤，促使她有進一步的正面成長。

「朱音，那我問妳，現在對方惱羞成怒，碰到這種問題鬧大的情況，妳覺得要拿出什麼樣的對策才有效？」

「……像晴哥等人現在這樣，找老師撐腰，或者尋找犯人抹黑的證據？」

「妳說的並沒有錯。不過，請掌握事情的本質。那些全是為了『讓對方理解對自己做了什麼就會受到教訓』的行動。」

朱音眨起眼睛。

因為真理愛看似清純，每個人最初得知她這種好鬥又不屈的特質都會感到訝異。

但是長久看下來就會曉得，那種特質才是真理愛真正的魅力。

「能讓談判變得有利的是武力，以及可供選擇的選項之多。目前引發問題的對方跟妳之間，談判已經觸礁了。那麼，武力在這時候就變得重要。既然對方出手扯妳後腿，便不需要跟他妥協。妳必須讓對方認清實力的差距，不給他機會反擊，迫使他接受我方的要求。」

「嗯。」

「以這次的情況來講，武力就是支持妳的人有多少數目與素質。正因如此，我們才要向老師尋求協助，並且增加夥伴。」

「噢噢……」

厲害，朱音聽得眼睛都亮了。

「那麼，我們把話題帶回去吧。一開始，人家說過希望妳稱呼人家『桃姊』，還表示這樣人家就會把妳當妹妹看待。換句話說，這就是要妳接受人家庇護的宣言。」

「！」

「沒錯！只要妳稱呼人家『桃姊』的事情散播出去，妳的敵人就是人家的敵人！對方將會與身為年輕女星，還被稱作『理想妹妹』的人家為敵！自以為有點能耐的國中男生敢跟人家鬥？呵呵，那樣也滿有趣的不是嗎？務必要請他試試看呢。」

真理愛擁有的知名度、人脈、話術、知識——這些全是她的武力，我想朱音應該也明白。

朱音是個相當公正的女生，她不會用一般人大概較重視的「外貌」、「學力」或「運動能力」來判斷他人。

不過那也有隨之而生的殘酷。假如被朱音判斷成並無足以勾起興趣的「某種特質」，就會被她歸類在「不感興趣」的範疇。

朱音這種公正以及對他人不感興趣，導致她與社會脫節，因此真理愛才希望教導她吧。教她世上有多麼靠著「實力邏輯」來運作。

「那麼，朱音，這樣妳還會當著人家的面說沒有意義嗎？」

朱音搖頭。

「謝謝，現在我懂了。以後我會叫妳『桃姊』。」

「呵呵，人家喜歡乖女孩喔。」

真理愛溫柔地微笑……可是——

我悄悄地在真理愛耳邊細語。

「欸，小桃，結果妳只是想收朱音當小妹吧？」

「……人家不懂末晴哥哥在說什麼耶。」

真理愛迅速轉開視線。

這女的還是老樣子耶……不過既然有益於朱音，那就算了……

真理愛心情大好地從背後搭住朱音的雙肩。

「走嘍走嘍，我們去今天的目的地，也就是教職員辦公室。朱音，要往哪裡呢？」

「這邊。」

「走這邊是吧。」

真理愛像是用遙控器操縱機器人一樣，將朱音的肩膀轉向。心情大好的真理愛與面無表情的朱音形成有趣的對比。

「既然妳這麼可愛，受歡迎是當然的喔。朱音，妳應該對自己的美更有自覺。畢竟照這樣下去，將來妳會惹上更大的麻煩。不過我希望妳記住一點，自覺與自我意識過剩是不一樣的。掌握事實很重要，過剩或是不足都不好，妳懂吧？」

「呃……大概。」

「乖女孩～～」

被摸頭的朱音一臉厭煩。不過，她沒撥開真理愛的手是因為已經認同對方了吧。

獲得認同似乎讓真理愛相當高興，疼愛起朱音也就越來越帶勁。

只是，當我們到達教職員辦公室後——

「夠了。」

朱音這麼說完就溜掉了。

「為什麼！」

總算能親近原本不肯讓人靠近的貓，一高興就摸過頭，結果反而把牠嚇跑了。這兩者是相同的道理。

這麼說來，真理愛一向處在妹妹的定位，這算是第一次當姊姊。或許是因為這樣，她才會被新的喜悅沖昏了頭。

＊

我們在走進辦公室前才總算脫掉大衣。

於是，真理愛現出穿國中冬季制服的模樣了。

真理愛有張娃娃臉，而且她才讀高中一年級，所以並不會讓人覺得有異。不，要說感到有異的話，就是她穿著我眼熟的制服這一點吧。

也許只要命運稍有不同，我就會活在真理愛穿著這套制服當我學妹，彼此相處愉快的世界——一瞬間，我冒出了這種念頭，心弦不免受到觸動，還有懷念的感覺隨之而來的複雜感受。

真理愛看我這樣，就賊賊地笑了。

「哎呀呀，末晴哥哥……你真可愛。」

「唔——」

而且真理愛依舊洞察力敏銳。她這種特質讓我有點怕。

「要看的話，何必像這樣偷瞄呢……不如放鬆心情找個房間舉辦攝影會——」

「我們進去！」

為了拋開她的話題，我打開辦公室的門。

同時，鼓譟聲隨之蔓延。

在場的老師一起把視線轉向我們。

「誇張耶，是桃坂真理愛……」

「丸末晴的國中母校，還真的是這裡……」

「我是聽說過他跟志田姊妹有來往……」

光看一眼，我就發現有很多不認識的老師。明明從我畢業只過了兩年，這裡的氣氛跟我在學時已經相差許多。

就在我心想這可有點難辦的時候，一名老師發出很大的腳步聲站到我面前。

「噢，丸同學！好久不見！你又惹麻煩了嗎？」

「沒有啦！阿田師，你很過分耶！」

「什麼阿田師！要叫田中老師才對吧！」

阿田師說著就不客氣地拍了我的背。

這年頭老師拍學生的背，感覺會被說是「職權騷擾」或「體罰教師」而造成問題，但阿田師就是可以毫不遲疑地這麼做，還受到大家景仰。

體格高大，雖說辦公室裡暖氣夠暖卻總是穿著短袖馬球衫，外貌讓人聯想到花崗岩的老師──他就是我國中三年級時的班導田中老師，外號阿田師。

「記得你現在是在表演什麼來著，聽說你弄臥推有搞出名堂！」

「那叫We Tube。不要什麼東西都記成健身術語啦。老師現在還是沒有上網嗎？」

「我有買手機啊，雖然除了學校相關行事之外都不會去碰。」

超傳統又酷愛健身的老師，阿田師。順帶一提，其實他負責的科目不是體育，而是理化。

「話說你怎麼……會穿成這樣？是最近流行的那個嗎，制服play？」

「要講的話，應該是cosplay！還有老師你說的那個是在更不三不四的店家才會用的術語，不能亂講的啦！」

居然在辦公室提那種字眼，我還以為自己心臟要停了！

「我和小桃不太希望引人注目，就穿了制服來學校。」

「某方面而言，你們這樣反而醒目……哎，算啦。在這裡講話也不方便，我們到裡面。」

我們被領到可以從辦公室裡頭進去的另一個房間。

那肯定是有事商量時會用的房間吧。窄雖窄，仍是獨立的隔間，還擺了面對面的沙發。

沙發只能兩人同坐。我猶豫過要讓誰坐阿田師旁邊，但真理愛主動坐到他旁邊便沒事了。真理愛似乎是為我們著想，認為朱音旁邊該坐情同哥哥的我。

「阿田師，我們果然不能攝影嗎？」

「對。如同我在電話裡說過的，學校內一律禁止攝影。不過錄音就無所謂。當然，你們錄好或者撰稿完成後想對外公開的話，可都要經過老師檢查。」

「小氣。」

「少囉嗦。老師是公僕，學校則是公家機構喔。假如可以讓人隨便攝影，那才糟糕吧。」

「那倒也是。」

不過即使只有錄音，也可以當成抹黑者來找麻煩時的證據。光是報備後就能錄音，我們應該要感激才對。

「那我們接下來要錄音嘍。」

我操作手機，啟動錄音軟體。手機被我擱到房間中央的桌面上。

大概是開始錄音造成了緊張感。

阿田師清了清嗓讓喉嚨通暢。

「事情我在事前聽丸同學說明過了，當時提到的網站也有請其他老師協助確認。然後，結論是沒有證據的話，校方就無法向任何人究責，要警告有嫌疑的學生是可以，但那樣會讓志田朱音……抱歉，目前志田姊妹有三個人就讀本國中，我只好連名帶姓稱呼妳。口頭警告有可能讓志田朱音的立場惡化，老師這邊討論出的意見是最好慎重行事。」

「阿田師，你都不敢硬起來處理這件事耶。」

「囉嗦！網路並不是我的長項啦！有人打架的話，我倒是可以靠這身肌肉就把事情擺平。」

阿田師擺出正展雙肱二頭肌的架勢。

欸，這樣只會讓人覺得悶熱，免了啦。

「——校方是站在朱音這一邊，對不對？」

宛如利刃出鞘，真理愛發問了。

「對，這有我保證。我不只聽了丸的說詞，也找其他學生問過。然後，結論是錯在間島身上。不過我個人有感到掛懷的地方。」

「什麼地方啊？」

「要說的話，間島跟我一樣屬於作風老派的傢伙。」

「比如梳飛機頭嗎？」

「沒錯，以不良學生來說，他也有股昭和年代的習氣，給我的印象是不會在網路上搞那些小手段。」

「話雖如此，人家覺得他起碼還是懂得用網路。」

真理愛的吐槽讓阿田師一面嘆氣一面從胸前口袋拿香菸——中途又停住放了回去。

「哎，正如她所說。目前有動機做這種事的人，就我們所知只有間島。以時間點來判斷，當他是主謀也算順理成章。不過，或許是我私下請他吃過拉麵的關係——哎呀，你們有在錄音，先幫我刪掉這一段。」

「了解。這些錄音不會以個人名義使用，請老師放心。」

「喔，丸明明是個問題學生，現在講話倒是有獨當一面的架勢了嘛。」

「老師要這麼說的話，我們擬稿就不會幫你刪掉那段了喔。」

「哈哈，抱歉抱歉。面對畢業生容易口無遮攔，這我要小心才行。」

阿田師搔了搔剃成運動派平頭的腦袋。

真理愛始終抱持緊張感在關注我們的互動，現在又進一步逼問：

「容我將話題帶回去，假如找出犯人留下的證據，是否能請校方會同犯錯學生的家長談妥事情呢？」

「當然會。目前是因為找不到證據才無法行動，然而網路上的誹謗中傷是每所學校長年以來都在面對的問題。這次的事情讓人感到惡質，我同樣抱持著危機感。」

「聽到這番話，人家稍微放心了。」

真理愛看向朱音，並且投以微笑。

或許真理愛自詡為監護者了。

「那麼，請老師平時就要留意朱音身邊的情況喔。已經發生的事固然無可奈何，但朱音往後兩年還要讀這所國中。人家當然明白老師事務繁忙，不過還是要拜託您盡力而為。」

「好啊，這當然。」

真理愛輕輕咳了幾聲。

「……呃～～接下來的錄音會刪掉就是了，再怎麼誠實的人一忙起來，難免都會怠慢。假如老師能多給予協助，人家願意視成果提供禮券──」

阿田師嚇得整個人往後仰。

「喂喂喂！妳是叫桃坂吧！別在學校裡談賄賂的事！我可是公務員！」

「好嘛好嘛，您別這麼說——」

從懷裡掏出禮券遞給對方的真理愛；嚇壞了的阿田師。

女高中生緊迫盯人，滿身肌肉的中年男子被逼得無路可退。

相當超現實的一幕。

我沒好氣地瞟向真理愛。

「小桃，妳談起賄賂實在超自然的耶，嚇了我一跳。」

「…………人家開玩笑的☆。」

真理愛朝旁邊吐了吐舌。

「喂，丸，聽說這女的是年輕女星，不過那是假的吧？其實她是扮成年輕女星的缺德律師對不對？我看連年紀都漏報了不少，怎麼可能會有像她這樣的高中生。」

「不，阿田師……別看小桃這樣，她真的是女高中生兼年輕女星……」

「世風日下啊……不過，有她這種膽識，我看做什麼行業都不成問題……」

「兩位，你們這麼說話還真是沒禮貌耶。」

真理愛的臉頰一抽一抽地顫動著。

阿田師把話題帶回去。

「如同剛才說過的，我身為學年主任會盡量留心，不過——志田朱音。」

阿田師看向朱音。

「妳的言行舉止容易刺激他人，往後希望妳能多注意這一點。」

「我覺得……我辦得到。剛才我也向桃姊學了許多事。」

「妳、妳叫她桃姊……？」

「朱音……」

真理愛把朱音抱到胸前疼了疼。朱音一臉嫌煩應該也怪不得她吧。

「阿田師，之後能不能讓我們在校舍裡走動？」

「嗯，要做什麼？」

「我覺得只要展現出朱音有我跟小桃保護，學校裡對她的攻擊就會少很多。要是太招搖當然就麻煩了——所以我是打算放個風聲而已。」

「原來如此，這是個有效的手段……啊，原來你們就是怕走在校舍裡會引起注目，才穿成那樣的嗎？」

「就是這麼一回事。」

「我懂了，好吧。可以的話，你們就在辦公室附近繞。這樣要是出了狀況，姑且也可以找藉口說是校友回來玩。」

真理愛放開了朱音，然後追問：

「說到這裡，明天起我們會有其他成員來找抹黑的犯人，還想幫朱音增加夥伴，可以嗎？」

「不至於說不行，但我也無法說好。」

「阿田師，這是什麼意思啊？」

「你想，有畢業生跑來國中裡走動，解決了學校裡的問題，這傳出去不好聽吧。要麼是『畢業生來拜訪以前的班導，碰巧在回家時跟學弟妹聊起來，因而找到解決問題的頭緒』，不然就是『畢業生為學弟妹辦了一場座談會，碰巧發現了證據』。感覺換成這種形式才無傷大雅。」

「唔哇～～阿田師，這算什麼跟什麼啊，超像在找藉口的嘛。」

「公僕重視的是對民眾有表面話可以交代啦。相對地，你們要是想見學校裡的人，我可以幫你們找來。」

當老師還真是折騰耶。

「我和小黑已經開始聯絡那些預定要找來聊的人了，不要緊。」

「好，那就謝了。畢竟學生的交友關係屬於隱私，坦白講我不想干涉。」

「老師辛苦了。」

真理愛深有感慨地說。

她跟有母親當經紀人的我不一樣，都是自己排工作，所以她了解阿田師有多勞累吧。

順利從老師口中得到會協助的承諾以後，我們離開了辦公室。

於是，在那裡等著我們的是——

「唔哇，群青同盟的成員耶！」

「超猛的！真理愛本尊現身了！她好可愛！」

「咦！為什麼她會穿這間國中的制服呢！」

母校的學弟妹們。

恐怕是目擊我們的情報在學校裡傳開了吧。還有穿體育服的學生，可見有的人是翹掉社團活動跑來的。

最近無論去哪裡都會變這樣，證明群青同盟的知名度就是這麼高。

我不由得受到動搖，然而真理愛到底是真理愛，她全面開啟藝人氣場，和氣地向眾人露出了微笑。

「大家好，初次見面。我是桃坂真理愛☆」

「噢噢～～！」

這算是見面第一句就把人擊倒吧。學生們已經被真理愛的可愛迷住了。

忽然間，真理愛拉了我的袖子眨眨眼。

這是信號。不過她想表達什麼……？

循著真理愛的視線望去，較遠處有一群學生進入我的眼簾。

明明真理愛在這裡，他們為什麼要站得遠遠地旁觀？單純擠不進人群嗎？可是從成員看來，與其說那些人內向，我倒覺得他們既高調又強悍……

而且仔細觀察會發現對方表情僵硬，還有人在咂嘴。

這麼說來，視線也很奇怪……他們並沒有在看我或真理愛……

那些傢伙看著的是……朱音？

（我懂了！那些傢伙就是在網路批評朱音的一部分用戶！）

因為我覺得間島是主謀，便沒有立刻聯想到。間島確實是整件事的導火線，然而也要有一群抹黑者跟著搧風點火，才會導致現在的局面。

（那些傢伙背後的老大是間島……？不對，還是說他們之間並沒有勾結，都各自在網路上留言……？）

只要將他們統統審問過，我想起碼會有一個人招出相關實情才對……但是沒憑沒據也實在無法那麼做。

「那兩個人怎麼會突然跑來啊？」

這句台詞並不是對我們說的。以我們為中心形成的人群後方，有個學生朝旁邊疑似朋友的另一個學生問道。

無心間提出的那句疑問——真理愛並沒有聽漏。

「我們今天來學校的理由嗎？」

她如此開口，將眾人的注意力聚集到自己身上。

「群青同盟辦了企畫，預定要跟國中進行交流喔。不巧的是人家因為工作忙，幾乎沒有念過國中，末晴哥哥也在兩年前就畢業了。如此一來，我們需要研究目前的國中與國中生有什麼樣的生態……才會來末晴哥哥的母校打擾。」

「哦～～！」

「咦，所以你們要拍連續劇之類嗎？」

真理愛嘻嘻一笑回應。

「這是祕密☆」

「噢～～！」

「這樣啊～～說得也是～～」

「這種企畫常常辦不起來，因此在正式敲定以前，人家都不能對外透露。對不起喔。」

真理愛就這樣一邊說明一邊從朱音背後伸出雙手搭了她的肩膀。

「還有，人家也想看看朱音在國中是怎麼過的。」

「咦，是這樣嗎，桃姊？」

「「「桃姊？」」」

周圍傳出了訝異的聲音。

這也難怪吧。我跟志田家有密切往來是廣為人知，不過真理愛跟朱音親近就沒人曉得了。倒不如說，她們倆變要好也才約一小時之前的事，連昨天的我聽了這句台詞都要訝異。

另外，「桃姊」這個字眼的震撼力夠強。字音聽起來單純，但是每個人應該都會認為她們相當親密。

「因為我們很要好嘛～～朱音，妳說對吧？」

「呃，還好。」

「還好……呵呵呵，朱音就是這種個性，才值得讓人家攻陷☆」

朱音擺著一副排斥的臉色，真理愛卻滿心歡喜地摸著朱音的頭。

「不用摸我的頭。」

「有什麼關係呢，人家想摸啊。反正人家跟末晴哥哥是兄妹，而末晴哥哥又跟妳是兄妹。這樣的話，人家跟妳當然就是姊妹嘍～～」

真理愛將臉頰貼在朱音臉上，對她疼愛有加。朱音略顯排斥，卻不改表情地任由她擺布。

周圍人們看著她們倆這樣，就冒出了感嘆。

「哇哇哇，兩個美少女……」

「太可愛了……」

「尊爆……」

我望著她們倆的模樣，也把心思放在遠處那些抹黑朱音的人身上。

抹黑者發現朱音有真理愛相挺，大概就有了危機感。他們有的別開目光，有的蹙起眉頭——明顯有所動搖。

「啊，對了。末晴哥哥，人家想跟穿制服的朱音合照耶。」

「嗯？我明白了。」

「保險起見，能不能請你從各種角度多拍幾張？」

「好啊。」

雖然感覺有點不自然，但這也不是什麼奇怪的話題，我便答應了。

真理愛操控朱音的肩膀，帶她穿過了圍繞著我們的人群。

她們正朝遠處的那些傢伙走去。

真理愛在途中轉身，還向我擺姿勢，但她在那時候使了眼色。

信號？她這次的用意是什麼？

（——我懂了。）

真理愛對背後再三留意。

而她的背後——正是我們認為在網路上抹黑朱音的那群人。

真理愛假裝要跟朱音一起拍照，想讓我藉此拍下站在遠處的抹黑者——這便是她的真正用意吧。

萬一弄錯人，反正真理愛和朱音的合照隨時都可以重拍。

那麼我該做的事就是把那群抹黑者納入鏡頭。

「好～～要拍嘍！」

我迅速按下快門，一面移動一面改換角度，盡可能多拍幾張把抹黑者的臉都拍下來。

拍一陣子以後真理愛似乎也滿意了，這才放開不明所以被捲進來而顯得不高興的朱音。

「那麼——還有沒有人想要跟人家合照呢？當然，僅限肯保證不在社群網站上公開照片的同學喔。」

真理愛如此微笑了。

當然，被問到想不想跟幾個月前還是正牌藝人的真理愛合照，所有人一定都想拍。

「我想拍！」

「啊，我也要！」

學生們一口氣朝真理愛圍過去。

真理愛態度沉著地應對，不過她回了一次頭。

目標是——先前被我暗中拍下照片的那些抹黑者。

「——你們幾位……也要一起合照嗎？」

對方大概沒想到會被直接搭話吧。

那幾個人身子一抖，然後就尷尬似的從現場離去。

（——不愧是小桃。）

我不禁笑了出來。

電光石火的這一招絲毫沒有給對方機會反擊。

＊

隔天放學後，我跟黑羽先回到家，等彼此都換上了國中制服才再次會合。當然制服有用人衣從外面遮著。

我們倆就這樣走在前往國中的路上。

（真令人懷念……）

過去我和黑羽只有在考試前或有活動的日子，才會像現在一樣一起上學。

即使如此，國中三年算起來也有一起上學過五十次以上。

「小晴，今天在國中替我們引路的是蒼依。」

「啊，這樣喔。」

我們去國中之際，一定會有碧、蒼依、朱音其中之一陪在身邊。因為只有校友出現在國中的話，可能會有人擅自解讀，才要讓在校生陪同，藉此暗示我們的活動都有取得老師的背書。

「為什麼是找小蒼？」

碧、蒼依、朱音當中最有空的是朱音。畢竟她沒有參加社團，也不是應考生。

所以昨天朱音才會負責引路，而且她是當事者，我想放學後有我們陪著起碼會比較安全……

「今天，我們要用『校友交流會』的形式跟願意成為夥伴的學弟妹們談話吧？那當中也會有過去跟朱音全無交集的人，他們都是低調在背後幫忙出力的……比方說，只在網路上留言幫朱音說話，也有人單純想提供情報。那種人不會想跟朱音碰到面，所以要有人幫忙統整這些幫手……讓蒼依陪同出席是最好的。」

「原來如此。」

聽黑羽一說，倒不是無法理解。

假如有人在網路上遭到惡意批評，我也會想幫忙說句公道話。然而若問到是否想跟當事者見面，那就免了。畢竟偷偷助人比較好辦事，心情也樂得輕鬆。

「妳跟小蒼已經協調過了嗎？」

「嗯。今天，我讓蒼依幫忙借了家政教室當場地。那裡放學後基本上都空著，而且空間也夠寬敞。」

「啊～～原來如此。那邊正好合用。」

如果有烹飪社之類的社團，狀況或許就不一樣了，然而在六條國中並沒有。

而且那裡非常靠近校舍角落，屬於校內人煙稀少的地點之一，要偷偷收集情報應該是最合適的。

啊——黑羽心血來潮似的開了口。

「好不容易借到家政教室，還是我來做一些點心招待學弟妹？」

「——拜託不要。」

我一臉嚴肅地拚命告訴她。

「求妳饒了我們。」

「哎喲～～！小晴，每次說到烹飪你都很過分耶。」

我大大地嘆了口氣。

既然黑羽埋怨是用「哎喲～～！」這個詞，就表示她沒有口頭上顯示的那麼生氣。不過她內心肯定還是有所不滿，便鼓起腮幫子跟我嘔氣。

「但是招待點心本身是個好主意，我們到超商隨便買些東西帶去吧。」

人在開心時比較能打開話匣子，協助的意願也會跟著湧上。

「嗯，我正想跟你這樣提議。」

所以我們在途中順路去了超商，隨便挑了些零食，還一併買了飲料與紙杯。

我跟黑羽提著購物袋一面走向學校一面討論。

「蒼依會依序讓情報提供者還有肯成為夥伴的人進家政教室。基本上，我們只要在家政教室等著聽他們講話就好。」

「讓小蒼幫了這麼多忙，真要感謝她才行。」

我不用問也曉得，蒼依為朱音奉獻了最多心力。

蒼依和朱音是雙胞胎，彼此信賴。

朱音有危機，蒼依沒道理不為所動。

那女孩的個性就像天使一樣。在我腦海裡輕易浮現出她傾全力想幫忙的身影。

「對蒼依來說……朱音是妹妹，是好友，是她的驕傲——也是另一個自己。」

「……說得對。」

我們東聊西聊就抵達了國中。為了避免被他人看見，我跟黑羽繞到了後門。

昨天已經向老師打過招呼，所以今天直接到家政教室。

進校舍的前一刻，我看見蒼依獨自佇立在家政教室的窗邊。

「！——」

換成平時，我會毫不顧忌地搭話。

但現在的蒼依有股難以搭話的氣息。

（原來小蒼也有顯得這麼成熟的一面……）

眼裡帶著哀愁。那種視線有幾分遙遠、幾分傷悲，可愛雙馬尾隨風搖曳的模樣看了令人莫名揪心。

雖說女生成長快，或許這個時期的女孩子更是如此。

「蒼依。」

黑羽隔著窗戶喚道，蒼依便抬起了臉。

「黑羽姊姊！末晴哥！」

啊啊，她已經恢復平時那種——與年紀相符——天使般的微笑了。

我的心境就像作了一場白日夢。

「門沒鎖。啊，我去看看走廊有沒有人。」

「好、好喔……嗯，謝謝妳，小蒼。」

「小晴，這邊有學生過來了。我們走另一邊。」

黑羽拉了我的袖子以後，我們繞了一小圈才走進家政教室。

「哇，你們買了好多點心來耶！大家會很高興！」

出來迎接的蒼依這麼說道。

會先提到「大家」而不是自己，很符合她的個性。

「小蒼，妳挑一個喜歡的吧。我會幫妳保留到進行交談的時候。」

「咦，可是那樣的話，喜歡那款點心的人就……」

「只要妳先拿，任何人都不會知道有那款點心可以挑啊。」

「的、的確……那、那我挑這個——」

蒼依挑的是餅乾與巧克力搭配的人氣經典款零嘴。

「好好好，那我們先把這一包藏起來。」

我就座以後把東西收進抽屜。

「小晴，你不可以吃太多零食喔。晚上會吃不下正餐。」

「我知道啦。話說，妳只提醒我喔？」

「畢竟蒼依不用我提醒也曉得啊。」

黑羽一面說一面輕輕握了我的手。這是柔觸式交流。

「！——」

黑羽依然都不管場合……

欸……這是在妳妹妹面前耶！嗓音差點就這樣脫口而出，但我設法忍住了。

然而黑羽始終若無其事。

「小晴，怎麼了嗎？」

明明我正體會到這麼深的悖德感——她也太肆無忌憚了吧。這不能叫胖虎主義，黑羽彷彿仗著她的大姊姊主義，不時就要把我耍得團團轉。黑羽玩弄我的手段果真是深不見底……

我悄悄地回握她的手，還恨恨地瞪她。因為我已經被調教成軟骨頭了，連我都覺得自己反抗力道薄弱。

黑羽應該是滿意了吧。她「呵呵呵」地揚起了鼻子。

「那、那個，最先來的人是我的朋友，她說會從社團溜出來，我過去看看。」

蒼依低下頭後碎步離去。

她的臉頰泛著一絲紅潤。

（這——）

我沒好氣地瞟向黑羽。

「喂，小黑。剛才那樣，在小蒼面前洩底了吧？」

「或許喔。」

「妳還說或許，居然輕易在人前……為什麼妳要那麼做啊？」

「不行嗎？」

「與其說那樣不行……」

「誰教我們最近接觸的時間這麼少。」

「！——」

黑羽又牽了我的手。連續動用柔觸式交流。

但是這有別於剛才的突襲，現在我們是兩人獨處，因此可以慢慢享受。

於是我發現了。這樣感覺很像「跟黑羽一起回到過去，並且找回失落的青春」。

黑羽有張娃娃臉。多虧如此，國中制服穿在她身上就跟以前一樣，而且身影和我當時的記憶完全相同。正因為這樣，我的心境好比回到了國中時期。

不過唯獨一點是有差異的。

她的女人味。

當時的黑羽不會擺出這麼成熟的表情。說著「誰教我們最近接觸的時間這麼少」的黑羽散發出足以讓腦袋融化的魅力。而且她穿著國中時的制服，宛如時空扭曲以後讓精神受到了桃色氣息汙染。

「等等，接、接觸太多了啦……！」

我拚命運作理性發出嘀咕。

「你不是說可以像這樣輕輕觸摸嗎？」

「之、之前那是像家人的觸摸方式！現在我不能被妳的媚功牽著鼻子走，才要避免接觸！」

「又沒有關係。」

「不好啦！」

啊，糟糕……黑羽即將切下開關……

黑羽臉頰泛紅，還全身散發出嬌媚。明明眼皮是低垂的，眼神卻像肉食野獸看準獵物那般銳利。

「冷、冷靜下來，小黑……這種時候重要的是溝通……」

「溝通……？我不太有那種心情耶。」

「不不不，人類至今是靠著溝通相互理解，妳說對吧？」

「先把那擱一邊。」

「不能擱一邊啦！」

我跟黑羽在家政教室一塊坐著。

雖然站起來便能輕易開溜，遺憾的是我們手牽著手，不想辦法處理這一點就沒辦法脫身。

話雖如此，我本來就不排斥牽手這件事，硬要掙脫也會覺得小黑很可憐。

正當我遲疑該怎麼辦時，黑羽仍朝我逼近。

她把牽著的手拉過去，用空著的另一隻手摸我的下巴。

黑羽緩緩地以指頭撫過下巴，快感竄過了我的背脊。

「小、小黑，這樣不行啦！」

「為什麼？」

「即使妳問為什麼——」

「啊～～小晴，你好吵。讓我來教你，即使不靠溝通還是有方法能讓人相互理解。」

黑羽迅速把臉湊了過來。

啊，這、這下子，非常不妙……

之前我明明那麼排斥接觸，還心想必須保有理性，腦袋卻沒在運作。

『就這樣半推半就地選擇她好嗎？』

天使朝我細語。再正確不過的良心話。

『啥？你在說什麼啦。就憑你想跟這麼可愛的女生打情罵俏，下次可不知道要等到什麼時候

才有機會耶。俗話說，有得吃還不吃是男人的恥辱。總之先嘗過甜頭再思考以後的事就好了。』

好猛！我心中的惡魔還是這麼有破壞力！

然而理性告訴我，要聆聽天使的意見。

「來，你不要動喔。」

我的下巴被黑羽抬起。

接著我的臉就被固定，黑羽的嘴唇朝我接近——

「哇～～哇～～好厲害～～！」

有這樣的說話聲傳來，我跟黑羽都愣住了。

聲音來自走廊。

仔細一看，家政教室的門被微微打開，蒼依和陌生女生從門縫露出眼睛。

聲音的主人並非蒼依，因此大概是這個陌生女生發出來的吧。

「對、對不起，打擾到你們了……我知道這是重要的場面……不、不過可以讓我們進去教室了嗎……？」

蒼依的臉紅通通。另外，她帶來的女生也是一跟我對上目光，就紅著臉露骨地轉開視線。

……呃，這該不會表示——

「小、小蒼……難道……妳都看見了？」

「那、那個，畢竟兩位穿上了懷念的衣服，我想**難免會情不自禁，想找回當時沒辦法留下的回憶**……對吧？」

「……嗯。學長姊實在太恩愛了，連我們看了都跟著小鹿亂撞……」

應該是蒼依朋友的女生忸忸怩怩地附和。

蒼依一臉嚴肅地說：

「末晴哥、黑羽姊姊……你們兩位的互動**對女國中生來說是有毒的**，應該說，**旁觀者看了還比較羞恥難受**，因此可不可以請兩位放過大家了呢……？」

蒼依的朋友在旁邊紅著臉點頭。

我觀察黑羽的反應，就發現她把臉背對我與蒼依，一邊動手整理亂掉的頭髮。感覺活生生就是剛做完什麼，總之黑羽似乎沒有要辯解的意思。

「…………對不起，真的很抱歉！」

我決定下跪懇求原諒。

＊

兩小時後——

「……差不多就這樣吧。」

「對啊。」

黑羽和蒼依召集來的可靠成員都提供過情報了。

「小晴，確認看看我整理出的情報。」

有張紙被遞了過來。

我點頭以後看向紙面。

〇關於這次的問題，大多數學生都對朱音感到同情。

〇會有同情的風向產生，是因為鄉鎮留言版被小人用來造謠。鬧出告白風波時單純只是眾人流傳的話題之一。

〇主謀據傳是三年級的間島。雖然沒有證據，不過從以往的言行舉止幾乎可以確定就是他。

〇只是光靠間島一人想必無法發表這麼多留言，可以想見有其他抹黑朱音的人也牽涉在內。

我隨手搔了搔頭。

「唔～～頂多只能確認我們之前預料得沒錯……」

「更重要的是，所幸現在有一群人願意支持朱音。」

我點頭認同。

今天到場的那些學生都積極表示希望協助朱音，還有女學生說對方在留言版寫那些謠言太過分，只要有情報就會提供給我們，而且什麼忙都肯幫。有的男學生大概是迷上朱音了，還說假如有奇怪的傢伙來糾纏就一定會出力幫忙，所以希望我們把問題交給他處理。

「兩個人都好有品德耶。」

我不禁如此嘀咕。

「你是指我跟蒼依？」

「對啊。今天的與會成員，是小黑跟小蒼召集來的吧？他們都值得信賴，而且全是善良的好人，所以我才這麼想。」

「沒、沒有那種事啦，末晴哥……」

滿臉通紅的蒼依態度謙虛。

反觀黑羽則是嫣然一笑。

「謝謝。能夠聽你這麼說，感覺就像自己的眼光得到稱讚一樣開心呢。還有蒼依，謙虛並不是壞事，但過頭了就不好，我覺得被誇獎起碼是可以高興的喔。」

聽黑羽跟蒼依對話，不時會發現黑羽當姊姊的風範。她給的建議不至於變成說教，從中可以感受到重視自己妹妹的心意，讓我很有好感。

「也、也對……」

蒼依咳了一聲，然後改口。

「謝謝末晴哥。我很喜歡今天自己帶來的那些朋友，能得到末晴哥誇獎，我也很開心。」

「……這樣啊。」

這女孩依舊跟天使一樣。

「這麼說來，蒼依，抱歉把統整團體的工作交給妳。」

「我做這些是當然的啊，黑羽姊姊。因為我也想替朱音盡一份力。」

所謂統整團體，職責就是要在國中裡管理協助者的情報或聯絡所有人。與其由我們來做，這些事還是交給在校生才好，出狀況的時候動作會比較迅速，因此就變成由蒼依負責了。

「哲彥那邊好像也進展順利。『已報警』感覺有讓留言版上的人嚇到。」

我拿手機看了鄉鎮留言版。聽說哲彥也是從今天開始動作，如今情報收集結束了，我正在確認狀況。於是上面發表了大量擁護朱音與抨擊抹黑者的留言，那些抹黑者顯得快要沒氣了。

「記得今天開始小桃學妹也會去幫哲彥同學吧？」

「對啊，她說過要對版主施壓。噢！在妳們眼睛上塗黑線的照片已經連同討論被整串刪掉了耶！」

「不愧是哲彥同學和小桃學妹，手腳迅速。在這種時候靠得住。」

「要感謝他們才行啊。」

「嗯。還有HOTLINE群組的成員也是，我會叫朱音對他們表示謝意。」

「是啊。」

就在這時候，有個女學生悄悄開門看了教室裡的狀況。

「那個～～黑羽學姊……」

「啊，小雪！今天謝謝妳嘍！」

她是剛才問過話的與會者之一，據說是黑羽在羽球社的學妹。由於她是從社團活動中途溜出來的，事情談完以後就立刻回去了。肯定是社團活動結束，所以又跑來了吧。

仔細一看，除了她以外還聚集了另外幾個人。她們肯定都是黑羽的學妹。

「抱歉，小晴，我離開一下。」

「沒關係，妳盡情跟她們聊吧。我在這裡慢慢等。」

「謝嘍。」

黑羽到走廊以後，慶幸相聚的開心尖叫聲「呀～～」就傳了過來。女生在這種時候總是特別興奮。

「末晴哥，辛苦你了。」

蒼依說著就遞了用紙杯裝的茶過來。她還是這麼貼心。

「小蒼繃緊神經也很辛苦吧。」

「哪裡哪裡，只要想到這是為了朱音，根本就不會累。」

我用紙杯幫蒼依倒了茶回禮，她就笑逐顏開。

「不過，小蒼果然很受歡迎耶。」

「噗噗！」

蒼依把茶噴出來了。因為她始終拿著紙杯就口，並沒有灑到四周，臉卻被濺得濕漉漉的。

……該怎麼說呢，感覺以天使而言算出了大糗。

蒼依咳了幾聲，然後意外冷靜地用手帕擦臉，並且告訴我：

「我咪事。」

「知道了咪。」

我一臉認真地回話以後，蒼依就發出了抽噎聲。

哎，她應該是想說「我沒事」以便將狀況敷衍過去。

我懂那種心情，但現實中並不順利。對蒼依來說大概是件憾事，我卻要感謝她的有趣反應。

之所以忍不住在語尾加了「咪」回話，是因為蒼依的語氣實在太可愛。然而這好像讓她覺得我在挑釁。

蒼依連脖子都變得紅通通，用剛剛擦臉的手帕拍打我的肩膀。

「討厭～～！討厭～～！討厭～～！」

「是我不好！我沒有捉弄妳的意思！」

「那、那末晴哥是什麼意思！」

「剛才回話只是一時心急口快！小蒼，我更想說的是目前全校學生裡，最受歡迎的應該就是妳了。」

「唔咦！」

蒼依發出怪聲僵住了。對於基本上缺乏自信又謙虛過度的天使來說，受歡迎似乎是相當有壓力的情報。

「剛才妳朋友帶來的男同學有說過吧？目前六條國中分成了碧的綠色炸彈、蒼依的藍色海洋、朱音的紅色學院三派……據說各有人氣。」

綠色炸彈、藍色海洋、紅色學院好像是私底下活動的粉絲團名稱。不曉得誰取的，但我想稱讚那個人幫碧取了「炸彈」這個名稱的品味。

「當中規模最大的不就是藍色海洋派嗎？表示妳最受歡迎吧？」

蒼依派以三國志來說相當於魏，意思是最有希望統一天下。

據說受男生歡迎程度次於蒼依的是朱音，碧則是以些微之差排在第三。然而朱音好像得罪過很多女生，反觀碧就大受學妹的歡迎。因此要是男女生統一辦人氣投票，碧就會贏過朱音，甚至跟蒼依有得比——聽說是這樣。

另外，雖然朱音得罪了不少人，朱音粉絲的熱情度與團結度似乎是壓倒性地拿第一。他們還說過「即使人氣投票贏不了，募捐額也不會輸」這種莫名其妙的話。

像之前表示「有奇怪的傢伙來糾纏就一定會出力幫忙」的男生，便是一名姓德山的朱音粉絲，他還說要號召紅色學院的人協助，將校內維安做到完美無缺。

「那、那個，末晴哥！我肯定只是因為有黑羽姊姊和碧姊姊兩個姊姊在，才會受到抬舉！基本上，朱音比我可愛多了！」

她依舊想把自己排在後面，又稱讚別人過了頭。

因此我面對面告訴蒼依：

「小蒼，我並沒有要替妳們分高下，但是妳可愛得有資格拿到人氣第一喔。」

「啊哇哇，哪哪哪有……」

「畢竟妳連性格都這麼怕羞又謙虛，而且十分善良。像今天妳也為朱音出了這麼多心力，這就是妳受歡迎的地方吧。我能理解。」

「末、末末晴哥……！」

蒼依的眼睛正咕嚕咕嚕地轉。明明我是在大力稱讚她，感覺反而讓她陷入混亂了，真不知道是為什麼。

得知蒼依在學校受歡迎，我很慶幸。自豪的妹妹得到旁人誇獎，沒有比這更令人高興的了。

正因如此，我只是希望她能坦然接納並感到高興。

「國中一年級就這樣，感覺妳再過幾年會更不得了耶……」

「要說的話，末晴哥才厲害啊……！說不定你能當上日本第一的大明星……」

「我？不可能不可能。畢竟我又不是帥哥型演員。」

「但是你演了好多次主角。」

「當時我是童星啊。不過，滿多主角都沒有設定成帥哥，也許我長大成人以後還是演得到就是了。」

「我自己是幾乎篤定，我在想末晴哥肯定會成為明星……到時候末晴哥跟我之間的距離是不是就會遠得伸手也搆不著了呢……我有這樣的顧慮。」

蒼依露出落寞的眼神。

為了替她打氣，我便開朗地說：

「不，小蒼妳比我更有可能在演藝界活躍吧。畢竟妳這麼可愛。」

「唔咦！」

背脊挺直的蒼依差點蹦起來，然後就愣住了。

我會這樣捧蒼依，是為了讓她培養自信。她可愛得足以進演技圈，而且也有魅力，這是我想暗地表達的意思。

實際上要討論蒼依是否適合進演藝界，我認為不合適。

儘管容貌吃得開，性格卻是個瓶頸。沒有像真理愛那樣堅強的話，在演藝界應該無法成功。

就這層意義來說，黑羽也不合適。容貌與性格想必都達標，但她本人並沒有拚勁。而拚勁正是重要的因素。無論黑羽再怎麼有資質，我也不會勉強她出道，就是因為這屬於沒拚勁便絕對無法待得長久的業界。

「妳對演藝界有興趣嗎？有意願的話，我可以拜託熟人——」

「沒沒、沒有！完全沒有！我怎麼敢呢，太不知天高地厚了！」

蒼依伸出雙手一邊猛揮一邊拒絕。

這種舉動，朱音也做過耶。不愧是雙胞胎姊妹。

「哎，等妳有興趣，隨時可以告訴我。」

「我都說沒興趣了嘛！」

「咦～～可是我好想看妳穿成可愛的模樣耶。畢竟妳穿制服就有不同於平時的氣息，感覺很可愛。不然妳要不要試著穿護士服，或者女僕裝呢？」

「我又不是換裝人偶！末晴哥真的好色！討厭～～！討厭～～！討厭～～！」

看來我不小心捉弄得太過頭了。蒼依的情緒似乎已經超越羞恥，到了生氣的地步。

我的肩膀被她捶了好幾下，但果然不會痛。

而且那帶有鼻音的「討厭～～！」還是很可愛，交雜了撒嬌與鬧彆扭的情緒。何況捶的力道弱，與其說是被人發脾氣，感覺更像在跟兔子嬉戲。

因此我忍不住笑了出來。

「啊哈哈，抱歉抱歉！」

「末晴哥，你絕對不覺得自己有錯吧！」

「我覺得自己有錯啦。雖然有九成的心態是妳捉弄起來好可愛。」

「討、討討……討厭～～！居然一直說我這樣的女生可愛……」

「不可以嗎？」

「並、並不是可不可以的問題，因為聽末晴哥說我可愛真的好開心，即使多說幾次也沒關係……不是那樣！我覺得問題在於末晴哥只有一成的心態認為自己有錯！」

「不對喔，小蒼！剩下那一成是捉弄妳簡直超好玩的！這才是我要表達的意思！」

「果然不認為自己有錯嘛～～～～！」

蒼依的軟拳捶了過來。

捉弄這個像天使的女生會伴隨著罪惡感，不過壞就壞在越捉弄越能看見可愛的反應，讓我不由得陷入悖德的循環。

我覺得自己不能再繼續惹她討厭，就換了話題。

「對了，小蒼，妳沒有喜歡的男生嗎？」

「！」

蒼依的手隨之停下。捶我的胸口是無妨，不過她直接在手摸著胸膛的狀態下停住了。

「既然妳這麼受青睞，什麼樣的男生都有得選。我跟朱音講過一樣的話啦，畢竟妳們都處在身邊全是女性的家庭環境，假如男生的想法難理解，我可以陪妳做戀愛諮詢喔。」

蒼依仍然把手擱在我的胸膛，並且低下頭。

我看不見她的表情，反應也跟想像中差了不少。我原本預料她應該會說「現在戀愛對我來說還太早……」或「這、這我還不太方便透漏」……要說的話，那是屬於害羞的反應。

冷風颼颼吹過。

蒼依抬起臉。天使般的笑容。

「——沒有喔。」

「咦？」

「我才沒有喜歡的人——」

嬌憐可人、內向、心地善良的蒼依。

而她帶著笑容否定的模樣卻莫名讓我產生寒意。

蒼依再次低下頭，並且掩飾了表情開口。

嗓音嚴肅低沉得簡直不像她在說話。

「重要的是，剛才末晴哥為什麼沒有跟黑羽姊姊接吻呢？明明氣氛那麼好。」

「咦！」

我回想起那時候的狀況，臉就發燙了。

「那、那是因為……！」

「黑羽姊姊是個有魅力的女性，末晴哥碰上她的追求攻勢，多少會變得半推半就，或者感到猶豫，我覺得那是在所難免。但是——」

蒼依抬起了臉。

好像快要掉淚的表情。

「末晴哥明明還把其他女性放在心上，態度卻半推半就，到底是不老實。」

「——！」

令人痛徹心扉的台詞。

我因而失去血色，明明覺得自己非說些什麼不可，卻沒辦法組出字句。

「假如要半推半就，那我也想——」

蒼依做了一次深呼吸，然後重新看著我的眼睛說：

「——末晴哥，一下下就可以了。能不能請你也看看我？」

「咦……？」

我掌握不到她的用意。

『不老實。』

『假如要半推半就……那我也想。』

『一下下就可以了，看看我。』

方才她也說過自己沒有喜歡的人。我總覺得那一句句台詞似乎都有矛盾，每當我想出一種解讀，就會被其他話抵銷。

「那是什麼意——」

「啊，抱歉讓你們倆久等！回家嘍！」

黑羽在我準備確認的時候回來了。

蒼依一改黯淡臉色，笑吟吟地露出往常的天使笑容。

「好的，黑羽姊姊。我們回去吧。」

那張笑容太完美無缺，難道我剛才跟蒼依的互動是一場夢——如此的迷思侵襲了我。

第四章　宣戰

＊

從我跟黑羽去過母校以後沒過多久，蒼依那裡就捎來聯絡表示有情報指出犯人是誰了。

『正如當初推測的，犯人確定是讓朱音保留了告白答覆的間島學長。』

提供情報的是透過蒼依朋友介紹而加入群組的二年級男同學，德山。我記得他正是那個膚色略黑，還熱情地聲明過「假如有奇怪的傢伙來糾纏就一定會出力幫忙」的朱音粉絲。

德山積極地幫我們向群組外的學生打聽情報，結果就取得了有個女生被間島威脅，只好在網路上留言中傷朱音的證詞。

『反正妳寫就對了！他這麼逼我上網留言……還威脅我要是敢說出去，就會扁我一頓……我嚇得都不敢告訴別人……』

德山傳來的音訊檔錄了女同學語帶嗚咽的說話聲。

故此，哲彥召集了群青同盟的成員。

「明天放學後，我們就去逮住間島。」

哲彥看向聚集在社辦的群青同盟眾成員，繼續說道：

「然後，我們拿這段錄音跟間島對質，要他招認同夥與使用的手法。逼迫間島刪掉網路上所有留言以後，還必須叫他向朱音道歉。最好也來個下馬威，以免他再犯。」

「咦，意思是我們幾個高中生要去堵一個國中生，講完『能不能跟我們來一下～～？』就把人帶走嗎？就算對方梳了飛機頭，我們那樣做還是滿有犯罪嫌疑的吧？只跟阿田師爆料這段錄音不行嗎？」

「的確，我也覺得小晴說得對。」

「就是啊。」

黑羽和真理愛也立刻表示贊同。

然而哲彥搖了搖頭。

「對方是學校的頭號不良學生吧？老師講幾句就能讓他收手嗎？即使能逼他刪除所有留言，他之後再重新搞一次就行了吧？」

「唔，這個嘛……」

我提不出反駁。

「網路方面的問題之所以不好處理，犯人難抓固然是原因，另外還有要防止再犯不容易這一點。最怕的就是對方氣到做出更偏激的行為。假如要逼到他不敢再犯，就必須來個下馬威。」

「原來如此。」

的確，目前有人造謠的是鄉鎮留言版這種非主流論壇，而且貼出來的照片都遮住了眼睛，勉強可以說有所節制。

要做出更惡毒的行為並非難事。如哲彥所說，我們採取行動應該要確實避免對方再次犯錯。

「那麼，具體來說該怎麼做？」

「這部分我請可知擬定好對策了。」

白草負責的是追究犯人責任。

哲彥將說明的工作交棒給她以後，自己就坐到位子上。接棒的白草站起身，把手上的紙發給同盟成員。

「這是由我一面構思原案，一面請甲斐同學檢查才擬出來的。」

白草輕輕地拍了紙。

「像甲斐同學剛才說的那樣，這次的作戰有兩個重點。一是『要對方承認目前網路上的留言是自己所為，進而配合刪除留言及謝罪』；二是『讓對方再也不敢做這種事』。當中前者已經取得這麼多證據，我並不認為有困難。」

「嗯，的確。」

雖然他本人有可能堅決否認，女生語帶啜泣的錄音太有震撼力，越是否認應該越會讓他站不住腳。

「困難的是後者喔。為了避免再犯，可以想見必須達成幾項條件。你們看我發的那張紙。」

白草如此催促，我便看向領到的紙。關於條件，紙上明確地用框線畫成一格。

「首先是『對質之際要盡量多帶幾個人去』。人數即為力量。對方是暴力分子，或許會在一氣之下動手揍人，假設由我單獨去對質，對方也可能完全不怕，還有可能用口頭謝罪開脫。另外，在多數人見證下要他承認罪行也是很重要的一點，這樣往後再犯時就能提早發現，也有助於及早遏止才對。」

「重點在於讓他體認再繼續報復是沒用的，尋仇反而會危害到自己。」

「小末說得沒錯。」

我想也是。再怎麼有意報復，只要風險過高就一定會退縮。

（……唔，報復？）

這是我自己無意識講出來的字眼，腦袋裡卻覺得有牽掛。

（啊～～間島打算折磨甩了自己的女生，換句話說就是報復嘛……）

我能理解他想報復的心情。難免能理解。

之前你還不是惱羞到想要報復白草！你有資格追究想報復朱音的人嗎！假如被人這麼吐槽，我只能回答：「啊，是的，對不起。」

然而姑且要替自己辯解的話，我是沒有做到散播謠言中傷人的地步。我並沒有散播到網路上讓全世界知道，也無意給局外者添增困擾。以這次的情況來講，有一部分照片讓朱音的姊姊們都跟著曝光了，感覺實在做得太過火。至於對方行為超出容忍的部分，我打算追究到底。

還有，不管有什麼理由，我都不容許我當妹妹疼愛的朱音受到折磨。即使這樣有寬以待己的毛病，唯獨這一點就是不能讓步。

「接著是『追究的地方要選在校門前』。畢竟學校內歸校方管轄，出狀況的話會衍生其他問題。但我們希望讓更多學生見證，妥協點就是趁他出校門時圍上去追究。」

「挑那裡就有放學回家的學生經過，大家自然會停下腳步吧。」

「沒錯，那正是我們要的。」

即使在鬧區抓到間島向他追究，也發揮不了多人的抑止力。間島旁邊還是要有六條國中的學生看著才有效。

「在校門追究時會有幾個問題，比如校門分成正門與後門，我們若沒有確實撒下包圍網就可能讓對方溜掉。」

我跟黑羽或真理愛去學校時都是走後門。

「即使一樣是『在校門進行追究』，既然我們的目標是要讓眾人見證，選在後門就會讓效力變弱。可以的話，我希望在正門進行追究。調查過後，我發現他回家是走正門比較近，可是他也常常走後門回去。」

「那就棘手了耶。如果不把包圍網集中在一處，很可能會被他溜掉吧。」

把包圍網分成兩邊的話，一處能安排的人力將會減半，那樣很吃緊。

「沒錯。所以我想了手段，可以把他從學校引誘到正門。」

「這樣我們就只需要在正門設包圍網啦。由誰去引誘？」

「我覺得……由我和小末去，國中生那邊找小碧協助比較合適。因為最糟的情況下有可能雙方會打起來，我自認挑了擅長運動的成員。」

「這樣的話，哲彥不是該派來校內這一組嗎？」

既然會打起來，照常理想，要找我和哲彥才自然。

「我要帶頭指揮包圍網啊。依我的預測，反而是包圍網這邊更危險。畢竟在學校裡出事，那些老師立刻會趕到，即使人跑了也不必勉強追。」

啊～～包圍網那邊確實比較需要人手。

「我懂了。那學校裡就交給我。」

「如此一來，問題在於末晴哥哥在學校裡要用什麼形式跟對方接觸呢。」

白草對真理愛的嘀咕點了頭。

「是啊。小碧跟對方同班，所以目前想到的方案是由她跟蹤，並且逐一通知動向，等對方到了人少的地方再過去搭話。」

「感覺並非不可能，不過有困難吧？那孩子要同時做兩件事就容易出錯，基本上她並不靈巧喔。」

「我贊同小黑的意見。玩電玩時，碧就有滿長一段時間身體都會傾向跟她按的方向鍵同　個方向。」

碧有她笨拙的地方。最近比較沒問題，不過玩賽車遊戲時還是常犯這樣的毛病，還被我消遣過不少次。

「還是我們找老師協助怎麼樣？」

真理愛和氣地笑了笑。

「順序像這樣。人家在今天之內跟老師談妥事情，明天放學再由老師向對方追究我們弄到的錄音是怎麼回事。這麼一來，碧就不用跟蹤對方，還可以避免那個不良男生在放學後立刻回家而錯失機會逮人的可能性。除此之外，末晴哥哥與白草學姊潛入的時間，還有組成包圍網的時間，都能藉此得到大幅緩衝。另外剛才提過老師出面講話並沒有意義，但人家認為至少可以發揮威嚇或警告的效用，最起碼也能滅對方的威風，不是嗎？」

「好主意。」

哲彥彈響手指。

「我提出的點子是翹掉第六堂課，不過照妳說的，更不會出差錯而且好辦。我本來就在思索有沒有更好的辦法，但是妳說得對，利用老師就行了。」

「你明明想得出那麼多歪招，卻沒有想過要運用老師，這才讓我覺得奇怪。」

畢竟說起來老師跟哲彥水火不容，關係類似警察跟罪犯，所以哲彥才想不出活用老師的解決方式吧。

「那麼真理愛，老師那邊可以麻煩妳去協調嗎？」

「好的，請交給人家。」

作戰細節都談得差不多了。

但是我有一個感到在意的部分。

感覺時機正好，我便試著提問：

「說到這裡，哲彥，在我們帶著一大群人圍上去把事情搞定以後，朱音真的就不會被騷擾了嗎？」

「嗯？你想表達什麼？」

「呃，之前我跟小桃去學校以後，我們跟老師搭上線這一點應該就眾人皆知了，朱音背後有我跟小桃罩著的消息也都傳出去了吧？」

「是這樣沒錯。」

「其實，當時我有想過網路上的留言會不會就此消失。但是……昨天還是有人發言造謠。」

換句話說，對方不會因為有我跟小桃當後盾就停手。

黑羽加入了對話。

「對啊，我的想法跟小晴一樣。身為姊姊，我還是要以妹妹們的安全為第一。要找百分之百OK的計策應該是強人所難，但我希望能有進一步保護她們的手段……哲彥同學，你覺得呢？」

「要手段的話，有是有啦。」

哲彥賣關子似的說了。

那應該造成了些許不快的情緒，黑羽蹙起眉頭問：

「什麼手段？」

「將志田的妹妹們全部納為群青同盟的準班底。」

「！」

出乎意料的台詞。

不過……原來如此……那樣確實有效。

「至今感覺都是我跟小桃以個人立場在保護朱音，但只要她成為準班底，我們就能以組織的名義保護她了。」

「對。以群青同盟的名義就可以為她發表影片，我們還有頻道會員支持，跟網路上那些偷偷造謠的人相比，聲量高出一大截。對方只要稍微想想就知道鬥不過我們，萬一真有什麼動作，我們也可以拿出跟末晴拍紀錄片時相同的做法，拉攏觀眾鬥倒那些抹黑者。」

「我覺得這主意相當不錯。」

黑羽這麼嘀咕。

「但是也有令人不安的地方。她們都還是國中生，要在影片裡拋頭露面或變成名人，身為姊姊還是會有顧忌。畢竟連我都有感到害怕的時候。」

「小黑，原來妳會怕在影片裡露臉嗎？」

「偶爾會，像是心情低落的時候。不過我是自己決定要參加群青同盟的，也不覺得後悔。老實說我沒想到群青同盟會這麼受歡迎，也沒想過觀眾會注意像我這樣的女生，所以跟起初設想的狀況差了滿多。」

碧、蒼依、朱音——她們全都很可愛，萬一在影片露臉肯定會受到歡迎吧。

正因如此才危險，令人擔憂。

黑羽說的看法再合理不過。我是這麼覺得。

「那就別讓她們露臉啊。」

哲彥說道。

「玲菜也幾乎沒露臉吧？讓她們當幕後人員，在同盟掛名就夠了。我刻意用準班底這個說法，意思就是她們可以只當形式上的成員啊。反正她們幾個是妳的妹妹，肯參加活動時再參與就好了吧。」

「那就沒問題啦。」

「也是……確實可以這樣……」

就算掛著準班底的名義，沒意願就不用參加，要立刻退出也是可以。

最好先以朱音為中心，盡可能加強維護她們三個姊妹的人身安全。為此將她們納為群青同盟準班底會是有效的手段。

「那我來提出動議，拜託大家接納碧、蒼依、朱音三個人加入群青同盟當準班底。雖然沒有向她們本人確認，這次麻煩當成例外。」

「當作是我跟小晴共同提出的動議。我會負責說服她們三個。」

「我明白了。那結果雖然大家都知道，姑且還是照形式進行投票吧。」

當哲彥轉身想拿投票箱時，白草開口了。

「有必要那麼麻煩嗎？我也當共同提議者。好了，這樣就確定過半數，討論完畢。」

「重要的是，我們要不要再針對明天的作戰多琢磨一下？人家還有其他在意的部分耶。」

碧、蒼依、朱音三個人就這樣正式決定成為準班底，我們準備要迎接分勝負的日子了。

＊

隔天，我第三次換上國中制服前往母校。

當我抵達講好的集合地點學校後門時，白草已經在那裡等了。

「啊，小末。」

「奇怪，原來妳比我早。我還想十分鐘前到就夠了，早知道就提前過來。」

「沒關係，我是想到要走進小末的母校，心情不由得激動，就提早過來了。」

白草忸忸怩怩地說出窩心的話。

（我不行了，她這樣好可愛……）

跟平時從容面孔的反差簡直像一把鈍器。我每次與白草兩人獨處，都有著相當於腦袋被鈍器重擊的感受。

——末晴哥明明還把其他女性放在心上，態度卻半推半就，到底是不老實。

我的背脊冒出一股寒意。

「小末，怎麼了？」

「啊，沒事，抱歉抱歉。天氣冷，我們進去吧。」

從那之後我就沒有跟蒼依說話。

『——末晴哥，一下下就可以了。能不能請你也看看我？』

我沒能確認這句話的意思，也沒能理解。

不過話一直都卡在我的內心深處。

「喂，末晴。這邊這邊。」

在位於特殊校舍一樓的美術工藝教室前，碧朝我們倆招手。我們幾個就直接躲進了沒有其他人的美術工藝教室。

今天的計畫是這樣的。

間島在今天放學後會被老師找去談話。現在他止好進了教職員辦公室吧。阿田師要跟他談一陣子，然後談話即將結束時就會聯絡我的手機。

我、白草、碧三個人的任務，就是在間島走出辦公室後去跟他接觸，並且帶他到學校正門。不過在辦公室前面等就太醒目，狀況大概會變成沒辦法帶人去校門。話雖如此，要是躲在室外，跟辦公室的距離又太遠，視阿田師聯絡我的時間點，我們難保不會錯失堵人的機會。

因為這樣，我就選了距離還算近，而且人煙稀少的特殊校舍一樓，並且要碧幫忙搶占美術工藝教室當待命地點。

順帶一提，美術工藝教室沒有對學生開放。這是昨天真理愛跟阿田師拜託才占到的。

「幸好這裡滿溫暖。」

白草脫掉大衣，於是從底下露出來的依然是這所國中的冬季制服。

（破壞力驚人……）

黑色長髮搭配制服，簡直可說是代表正義的組合。

而且那是我母校的款式，穿的人則是初戀對象。她身材出色，還因為偏短的裙子感到不好意思，破壞力直達有罪的地步。

以多層次來襲的魅力，讓我頭昏目眩。

（我要振作點……）

越有魅力，罪惡感就越強。

如蒼依所說，我不老實。

即使如此，為了維持最低限度的誠懇，我非得保住理性來跟她們三個人相處——我有這樣的想法。

「你怎麼看到迷住啦，末晴。」

碧口氣粗魯地對我吐槽。

「別囉嗦，碧。」

「啊，白草學姊。我有準備衣架，請把大衣交給我。」

「謝謝妳，小碧。」

碧從白草手裡接過大衣，俐落地掛到牆上。

「妳對我跟小白的態度差太多了吧……給我用的衣架呢？」

「怎麼可能會有。你在家裡都是把大衣脫了就亂甩吧？」

「唔——」

被說中的我無法反駁。

「受不了，居然因為在白草學姊面前就想擺架子。不想被我拆穿的話，你從平時就要保持整潔。」

「妳沒資格說我啦，碧。我曉得喔，妳的房間在姊妹當中明明就是最亂的。」

「啥！末、末晴，**難道你來我的房間亂翻過嗎！**」

「欸，慢著！碧～～～～妳講話要注意啦～～～～！」

要是我被當成會到女國中生房間亂翻的那種人，可就活不下去了！

「那你為什麼會曉得！」

「我不能透漏是誰說的，但這是可靠來源給的情報。」

「唔唔……有可能是黑羽姊……不然就是朱音……不對，也有可能是蒼依……」

「不要找犯人啦。重要的是妳房間很髒亂這個事實。」

我被她一問便隱瞞了真相，不過答案很簡單。從黑羽那裡聽來的。黑羽隨口嘀咕過：「那孩子很少打掃房間……」所以我才曉得。

「要、要你管！就算我的房間亂，也不構成你的房間亂也無所謂的理由吧？」

「這、這倒是沒錯啦！」

「「唔唔唔唔……」」

當我們互瞪的時候，旁邊就傳來了笑聲。

「雖然我各自聽你們提過，你們真的很要好呢。」

白草愉快似的這麼說。

因此我告訴她：

「「並沒有！」」

……聲音跟碧重疊了。

我本來想出聲咕噥，但是碧似乎也是一樣的心境，因此我們又開始互瞪。

「真是的，感情好是很溫馨，不過小碧是不是該切換心思開始用功了呢？」

「啊，是的，對不起。白草學姊說得對。」

碧是應考生。雖然她肩負在學校裡領路以及協助扭送間島的重要任務，但是在老師跟間島講完話以前並沒有什麼工作，因此她在這段空檔是要讀書的。

這女的聽到白草說話就會乖乖接納，態度乖得嚇人。我明明跟她有長年的交情，卻總是被頂撞。到底是什麼時候造成了這樣的差異……

「啊，白草學姊，剛好妳在這裡。我有題目想請妳教我，方便嗎？」

「可以喔，讓我看一下……啊，這種文章較長的題型，最好要靈活思考，從正文將字句引用過來。比方說——」

碧真的跟白草混得很熟耶。儘管她有黑羽那樣精明的姊姊，卻會跟白草親近，真耐人尋味。

白草也是，看得出她很疼愛碧。教她功課的態度相當溫柔，表情也比在群青同盟時柔和。

我以為對白草來說，紫苑已經是個像妹妹一樣的存在了，仔細想想紫苑與白草本來就是同年的平輩。由於紫苑是問題人物，白草肯定也就沒辦法直接「疼」她了。

畢竟人與人相處各有各的一套。

「啊，對不起。我離開座位一下。」

白草說著就離開了美術工藝教室。

碧則繼續面對參考書。

我不忍心打擾，卻輸給了好奇心。

「話說，碧，妳怎麼會跟小白混得那麼熟？」

「啥？怎麼突然問這個？」

「明明妳們只有在去沖繩旅行時稍微見過面，卻不知不覺就變得滿要好。該說是嚇了我一跳嗎……」

碧沒好氣地瞟向我以後，忽然就得意似的揚起了嘴角。

「呵，原來如此。因為我跟白草學姊關係好，你就在嫉妒嗎？」

「啥！說那什麼話！完全不是妳說的那樣！」

其實我是有一點那樣的感受。好奇心占三分之一，嫉妒心占三分之一，另外三分之一的情緒則是想知道她們能處得如此融洽有什麼祕訣。

「哎，我懂你的心情，畢竟白草學姊是個美女。」

「小白是美女這一點我有同感。」

「她英氣凜然又帥氣啊，身材也出色。跟我家姊姊差多了！」

「我如果認同妳最後那句話會出人命，所以就忽略吧，但是前面幾句我都有同感。」

「學姊酷又瀟灑的部分，看了就會不自覺地著迷。」

「反差感也很棒。即使外表英氣凜然，被她當成自己人以後，她的態度就會軟化許多。」

「對，我能夠理解！我也受不了被學姊溫柔對待時的那種特別感！一不小心就會樂得飛上天了！心裡會覺得『自己居然能被可知白草溫柔對待』！」

「妳滿懂的嘛，碧！」

「還好啦。白草學姊是我憧憬的目標啊。」

結果碧跟白草混熟應該就是因為這一點吧。

憧憬。

碧的理想與白草相近，這就跟交情長短沾不上邊了。無論黑羽當姊姊再怎麼稱頭，走的路線就是不一樣。

話雖如此，在碧的心中，白草應該也不至於優先於黑羽。畢竟她們有身為一家人建立起來的感情。

「哎，末晴，你會迷上白草學姊是可以理解的啦。」

「啥！才、才才不是妳說的那樣！」

總之只好睜眼說瞎話。我在0．1秒內冒出這樣的念頭。

我們從懂事以後就一路吵架到長大，被她看穿自己喜歡的女生是誰，這種感受應該可以稱作羞恥吧。總之我用盡手段也想抹消這個話題。

「你在告白祭的影片裡，不是對白草學姊說過『曾經喜歡妳』嗎？播放次數都超過五百萬次了耶，事到如今有什麼好藏的。」

「唔唔唔……」

啊～～啊～～我不想聽這個話題～～

我到底有沒有隱私啊。一句話就讓我胃痛，妳負得起責任嗎？

「你明明跟黑羽姊交情那麼久，先迷上的卻是白草學姊。」

「那個，碧，我老實跟妳說。這件事被挖出來講，我的胃會痛到不行。拜託妳放我一馬。」

「偶爾聊一下有什麼不好？所以是為什麼？」

穿冬季制服的碧趴到桌上後，就用誠懇的表情對著我。

太陽開始西斜的美術工藝教室。

或許是陌生的服裝與地點所致，碧的調調跟平時不太一樣，讓我難以應付。

「哎，小白的確是我的初戀……」

「果然。你覺得她好在哪一方面？」

「有、有必要跟妳說嗎？」

「居然不能問嗎？」

換成平時，我們講到這裡就會吵起來。然而看著碧像在鬧脾氣又像是落寞的臉，我覺得自己好像不能敷衍她。

跟旅行時聊感情事就會格外熱絡一樣，此時此刻，或許我與碧也被施了魔法。

「其實——她的外貌屬於我喜歡的類型。」

「……結果是看臉啊。」

「呃，那是開端！還有她出道當小說家也吸引了我！」

「……結果是看才華啊。」

「就說不只那樣嘛……該怎麼說呢……我跟她相處也覺得很開心。」

「你跟黑羽姊不就是在一起覺得開心才會變要好嗎？」

「確、確實是那樣沒錯啦……」

「基本上，你跟白草學姊不是告白祭過後才變要好的嗎？」

「之前我跟她姑且也有交流啊，雖然沒有像一起參加群青同盟後這麼頻繁。」

「那麼，當時你跟她講話很開心嘍？」

「要那樣說也沒錯，但是我跟小白都不算健談……老實說，我還是不確定彼此變要好有什麼明確的理由。我屬於不太會替戀愛想理由的那種人。」

「……哎，我也一樣。那倒是。」

我沒有漏聽這句話。

「碧，剛才妳說了『我也一樣』對吧？妳那邊是什麼情況啊？」

碧明顯地慌了。

「你、你在問什麼啦！」

「妳的初戀啊！妳會說『我也一樣』，就是有喜歡的人吧？」

「啥！哪、哪有那樣解讀的！」

「別裝蒜！我都跟妳坦白了這麼多丟臉的事耶！妳也要講！」

「不、不是啦～～我又沒有迷戀過什麼人～～」

「妳這樣太卑鄙了吧！」

我氣得把手臂繞到碧的脖子上勒住她。

當然，就算我把她當弟弟對待，她仍是女生。我有節制自己的力道。

「痛痛痛痛！住手啦，末晴！」

「那妳會乖乖說嗎？」

「知道了！我知道了啦！」

「……那我放開妳。」

我一放開碧，她就微微臉紅地雙腿併攏，然後匆匆整理起頭髮。

「受不了，我可是女生耶……」

「之前不就說過，我知道妳是女的啊。」

「我說的不是身體上的特徵！……哎，夠了。」

「反正快點講啦，妳的初戀是怎樣？」

碧一面生悶氣一面垂下目光。

「大約在三年前，對方是我在WeTube上看到的演員。」

「喂，我覺得愛上螢幕另一邊的人，跟近在身邊的戀愛要分開來講比較好耶。」

「反正你聽我說啦。我曉得那個演員的名字，但是他退隱了。我上網搜尋過。」

「哦，退隱的演員嗎……」

「然後，我發現對方跟我想像的完全不一樣。當時我並沒有特別意識到，可是心裡好像在不知不覺中就受到了侵蝕。我想那算是初戀……但我還是搞不懂戀愛到底是怎麼一回事……所以我始終都沒辦法認同，感覺一直有疙瘩在。」

「我懂妳的心情。我戀愛時也是那種感覺……」

並沒有明確的「某個」轉捩點。

契機和理由有很多，卻覺得那些都是事後補上的。

回神後就已經迷戀對方——我覺得這樣表達才是最貼切的。

「……你沒有跟我鬧耶。」

碧嘀咕了一句。

受不了，今天的碧真是文靜——不像她的作風。

我搔起了腦袋。

「笨蛋。初戀在心裡的分量是很重的吧。我只是因為剛才被拐著說出自己的初戀，才想逼問妳，根本沒有看扁妳的意思。」

「……不過，你就是個笨蛋。」

「什麼話！」

「哎，雖然我也是笨蛋。」

「……碧？」

這樣真的不像她。

所以我對碧使出了一記手刀。

「會痛耶！末晴，你夠了喔！」

「喜歡就要拿出行動啊。畏畏縮縮可不像妳的作風。」

「囉嗦！我可不想被你這麼說，末晴！」

話說回來，連暴力性格的碧都會變得文靜，戀愛這檔事就是厲害。

明明戀愛是這麼折騰人，進展順利的卻只有極少數。

人生會不會太難了啊？

假如有神明存在，這時候我就想找祂抱怨了。

「——對不起。剛才外面有人，我為了避開就回來晚了。」

白草回來了。回神以後，我們之間那種不可思議的氣氛全都消散了。

我跟碧感到莫名尷尬，就背對彼此。

「你們怎麼了嗎？」

「沒事，小白，沒什麼。」

看來我們是被不同於平常的氣氛沖昏頭了。

居然會討論彼此的初戀——那才不是我跟碧該做的事。

要鬥嘴，要針鋒相對，卻又有合得來的部分……我跟碧相處應該要這樣。

可是時間或許慢慢改變了我們那樣的關係。

「啊，我有東西忘在教室！我去拿一下！」

大概是回想起剛才的對話感到害臊吧。

碧藉著笨拙的演技離開了美術工藝教室。

白草嘻嘻笑了。

「小碧真可愛呢。」

「有嗎？以可愛來形容的話，她未免太粗魯了。」

「我不是那個意思。比如沒辦法坦率的部分就很可愛。」

聽她的語氣，我才明白。

「小白，妳之前已經回來了，卻沒有走進教室，都在外面聽嗎？」

「哎呀，被你發現了呢。」

從她立刻招認的態度來看，似乎不太有掩飾的意思。

「妳從什麼時候開始聽的？」

「談到WeTube那裡。」

我嘆了口氣。

「以碧的個性，那已經算滿坦率的了。」

「我想也是。」

「既然碧有喜歡的對象，我是想支持她啦。不過對方是螢幕另一邊的人，還已經退隱，那就實在不方便了。起碼要是沒退隱的話，我跟小桃或許還能跟對方見到面……不對，那樣還不如叫碧腳踏實地一點，在身邊找個適合的對象比較好。我是不想坦率承認，但是她也夠可愛了，不亂開條件的話很快就能找到好男生才對。」

碧有粗魯的地方，但聽說她在六條國中的人氣足以成為三強之一。好不容易有那樣的人氣，我倒希望她能得到幸福。

「小末，你對待小碧真的像哥哥一樣耶。」

「有個粗魯的弟弟自然會這樣。」

「我想小碧就是討厭被那樣對待才會頂撞你吧。」

唔～～我是可以理解白草要表達的意思……

「碧也已經國中三年級了，我知道自己該把她當成女生對待。可是，從以前到現在的交情太久，讓我有種抗拒感……」

「會不會只是你覺得害臊呢？」

「說穿了就是那樣。不過到昨天為止都當成弟弟，從今天起就要當成妹妹，總覺得很難切換過來……」

「咦？」

「你對待她的方式是有問題，不過，我在想小碧是不是怕寂寞。」

這是令人意外的意見。

「她希望你能理睬她，語氣便不自覺地變衝，感覺就更會頂撞你了。」

「是這樣嗎？」

「畢竟從群青同盟成立以後，你跟志田同學的幾個妹妹講話的時間就變少了吧？」

「……是啊。」

「你開始活躍後雖然有到高中上課，卻變回了名人。這使她覺得自己跟你的距離變遠，想要得到你理睬，內心又寂寞……我覺得她陷入了這樣的迴圈。」

「嗯～～……可是我跟碧從以前就會這樣吵架耶。」

「我想那也是因為你們感情好。不過希望你也能記得我說過的話。」

碧會怕寂寞，是嗎……

這意見太令人意外，我想都沒想過。

（在小白眼裡，看起來是那樣……？）

倘若如此，那我就不能一笑置之，要把她的話聽進心裡。

「我懂了。」

話一出口，我才發現。

咦？難道說——

『——末晴哥，一下下就可以了。能不能請你也看看我？』

蒼依該不會也是相同的想法。

（這麼一想，事情就串起來了。）

剛才白草也有提到「你跟志田同學的幾個妹妹講話的時間就變少了吧？」這樣的質疑。

這句話的對象終究是指「妹妹們」。表示同樣可以套用在蒼依身上，而不僅限於碧，這麼思考才自然吧……？

或許我想錯了。可是，這麼一想就說得通。

在我如此思索時發生了狀況。走廊傳來了說話聲。

「咦，你說群青同盟的可知來我們學校了？」

「對啊，不會錯！剛才她就在這附近！」

「「！」」

我跟白草望向彼此的臉。

今天是重要的日子。在這裡引起騷動的話，我們逮住間島的行動會受到妨礙。

既然如此——要躲起來才行！

「小白，過來這邊！」

我打開掃具櫃擠進去，並且伸出手。

白草立刻點頭，然後撲到我懷裡。接著我悄悄關上掃具櫃的門。

腳步聲逼近以後，在美術工藝教室前停下。

「奇怪～～沒有人耶～～」

「你怎麼會覺得她在這裡？」

「我剛才看見她從廁所走出來啊，只有需要利用教職員辦公室或附近教室的人才會用那一間廁所。」

被他猜中了……這男同學的直覺還真靈……

話雖如此，要說哪裡不妙，掃具櫃裡面比外頭更不妙。

因為我跟白草貼在一起。

「小末……」

白草發出呼氣聲。嬌柔氣息香豔得讓我懷疑空氣是不是染上了粉紅色。

胸貼著胸，大腿貼著大腿，每次想調整姿勢都會摩擦到彼此。

（不妙……）

精神方面，肉體方面，兩邊都有危機。

「小白……」

「不行，小末，不可以動……」

就說了妳在耳邊用那種嗓音呢喃，會讓我理性崩潰啦！

我越是掙扎想換個比較適當的姿勢，狀態就變得越危險。簡直像蟻獅穴一樣。

櫃子裡充滿著白草的氣味，可以直接感受到身體的柔軟與溫暖，使得思考能力逐漸下滑。

問題的層級不在於高不高興，而是我變得無法思考。沉溺於其中大概是正確的形容方式。

「小白，他們走了嗎……？」

「再、再這樣躲一下會比較好……」

這時期明明可以說是寒冬，為什麼會熱成這樣？

因為我待在狹窄的密室？因為我跟白草互相接觸？

兩者皆是。不過還有另一個理由。

肯定是因為我的心跳已經快到近乎失常了。

而且我們貼在一起，彼此都能聽見這種心跳聲。這導致雙方的緊張度與興奮度更為提升。

快感竄到了手腳末端，造成麻痺。

「小白……」

「小末……」

目光彼此交接。

距離極近，沒有東西阻隔我們倆。

我懂。白草的理性也幾乎沒有在運作。

（總覺得，已經怎樣都無所謂了……）

被熱度沖昏頭的我，跟白草嘴唇的距離逐步拉近。

而且，白草同樣閉起眼睛——

——末晴哥明明還把其他女性放在心上，態度卻半推半就，到底是不老實。

等等，這樣不行！

我當然不能半推半就地決定自己喜歡哪個女生！

我抓住白草的雙肩，悄悄地讓她遠離自己。

「小末……？」

「那些傢伙都走掉了喔，末晴！」

碧突然打開掃具櫃。

「哇！」

「呀啊！」

雙方互相嚇到。

多虧如此，我面前的白草跌了一跤坐到地上。

「白草學姊，妳還好吧？」

「啊……咦？嗯，是啊，我沒事，小碧。」

白草的心好像還神遊在外，顯得有些茫然。

話說我也處在類似的狀態。

「哎呀～～剛才我跟想找白草學姊的那些傢伙錯身而過，回來時發現你們倆都不在，就覺得肯定是躲起來了。我想你們躲在掃具櫃裡，一次就猜中。」

「是、是嗎……」

白草紅著臉急著拍掉制服的灰塵，整理儀容。

（我——）

我對自己感到失望。

自身的意志之弱令我厭惡。

我保持沉默，朝著牆壁使出了頭槌。

＊

後來氣氛變得有幾分尷尬，碧讀起自己的書，白草則給予指導，而我瞪著手機等待聯絡，時間就這樣過去了。或許我也可以讀書消磨時間，但腦子裡亂成一團，不覺得自己能專心。

「抱歉，我去一下廁所。」

想順便轉換心情的我離開了美術工藝教室。

上完廁所，接著當我在洗手台洗手的時候，裡面隔間傳出了開門的聲音。

「呼～～好險～～」

有個國中生站到我旁邊洗手。

從隔間出來的傢伙嗎——如此心想的我側眼一瞧，發現對方是顆飛機頭。

「——！」

看這個髮型……不會錯。這傢伙就是間島。

塊頭給我比照片所見更高大的印象。身高聽說超過一八〇公分，但是我看他應該有一八五公分。

體格也挺壯。光看飛機頭就滿有壓迫感，不過這副體格也相當有魄力。整體的穿著不修邊幅，讓人感受到反社會性。

為什麼間島會在廁所？被老師叫去的他理應正在聽訓吧？

……啊，我懂了。

這裡是離教職員辦公室最近的廁所。他在聽訓時鬧肚子痛，就暫時離開了——這倒是十分有可能。

「啥？你看什麼？」

呃！被他瞪了。

我穿著國中時的制服，臉大概稍微顯老，但是他會像這樣毫不客氣地瞪過來，可見或許是把我當成了不認識的國中生。

（不小心跟對方有了接觸也沒辦法。乾脆直接把他帶去正門嗎……？）

不，我一個人會吃虧吧。由於是意料外的接觸，我也沒有做好心理準備。

（那還是盡快離開現場比較好。）

我正好已經洗完手，因此決定裝成沒聽見開溜。

「嗯？」

背後傳來這樣的聲音，但我覺得被糾纏上會很棘手，便加快了腳步。

「喂，你等一下！」

「！」

糟糕，肩膀被他抓住了。

來到這種地步實在無法逃，我下定決心回過頭。

「突然攔住人是怎樣？找我有事嗎？」

「果然沒錯！」

「什麼沒錯？」

間島直瞪著我的臉看。

我回瞪一眼，以免在氣勢上輸給他。

怕的話就會輸。雖然對方年紀比我小，卻有這種體格與魄力。我要拿出氣概嗆回去才行。

「你——」

間島把手搭到我的雙肩。

「你不是群青同盟的丸末晴嗎！學長，我是超崇拜你的粉絲！」

「啥！」

我不禁傻眼地叫出聲音。

咦，開什麼玩笑？我本來是這麼想，間島卻亮起了眼睛，怎麼看都像正牌粉絲。

「唔喔～～！真的超棒！咦，學長怎麼會來我們國中？啊，記得你跟志田姊妹是鄰居，還很要好對吧？之前我有聽到學長來學校露臉的傳聞，難道是要在國中拍攝影片嗎？」

奇、奇怪……？

這就是學校的頭號不良學生……？

帶頭抹黑朱音的主謀……？

不、不對勁……跟我聽到的事蹟或氣質差遠了……

（不過他也有可能是靠口才在騙人。）

試探一下好了——我心想。

「我有點事要來國中調查。跟朱音有關。」

「！」

他應該聽懂意思了。間島的表情為之僵凝。

接下來對方會怎麼出招……最糟的情況下，或許會在這裡跟他打起來……當我如此思索時，間島低聲開口了：

「學長懷疑我在欺負朱音對不對？」

感覺間島的口氣既沒有敷衍，也不是在威脅人，就只是正經地跟我談事情。

所以我也不跟他拐彎抹角，直接把話講明：

「對，沒有錯。我算是朱音的大哥，聽到她有麻煩，我就覺得坐立難安。然後，我試著調查以後，得到了你很可疑的情報。」

「……我討厭替自己找藉口，卻又不希望被誤會，能不能聽我辯解？」

「你沒有向老師辯解嗎？」

「有是有，可是老師完全不肯相信我。」

「阿田師呢？」

我想起阿田師對間島是主謀的說法抱有疑問，就試著問對方。

「有啊，阿田師算比較願意聽我說話的，但其他混帳老師都一口咬定事情就是我做的……」

哎，阿田師也要顧及跟其他老師的關係，既然有錄音被拿出來當物證，他就沒辦法一直護著間島吧。我的腦海裡浮現了阿田師兩邊為難的模樣。

「從眼神看來，學長好像是願意聽人說話的……可以的話，我希望來一場男人之間一對一的交談。」

「……我明白了。」

狀況出了岔子，但這比雙方打起來或讓間島溜掉好得多。聽聽看他的說法應該也不壞。

思量過後，我就跟間島移動到位於校舍後面的外側樓梯，並且坐了下來。這裡幾乎沒人會經過，可以慢慢聽他說。

「學長聽到的說法大概是這樣吧？我被朱音甩了，所以就惱羞成怒，在網路上造謠罵得她飽受委屈——是不是這樣？」

「是啊，沒有錯。所以我們群青同盟為了保護朱音，才會替她拉攏夥伴，還想找出造謠的犯人是誰。」

「……我被朱音甩掉是事實。」

間島坐在斜前方，比我低了一個階梯，但我們的頭還是差不多高，由此可見間島的個子有多高。

然而間島提起了自己被朱音甩掉的事，讓我感受到他的哀愁，高大的塊頭看起來顯得渺小。

他撿起石頭亂扔的模樣有幾分眼熟。

「被女生甩掉……當然是很痛苦……也很難過……要說我都沒有冒出一兩個報復的念頭，那就是騙人的了。而且被一堆湊熱鬧的傢伙目睹告白遭到拒絕，實在太過丟臉，我大鬧了一場也是事實。但是，就算搞成那樣，要我在網路上抹黑自己憧憬的女生，害她受委屈……我怎麼可能下得了手。」

關於這次的事情，我認為已經「超出了分寸」。

我能理解被甩掉以後想報復的心情。難免能夠理解。

可是在網路上中傷自己喜歡的女生就錯了吧——我是這麼想的。

看來間島也有同樣的想法。他也許只有這一點跟我有共識，但這表示他分得出是非。

原本我對間島有戒心，現在卻發現他的想法可以理解，就敞開心胸繼續聽他說。

「假如朱音有男友，或許我會去從對方身上挑個毛病，讓朱音知道自己眼光有多差所以才不選我。說起來頂多就是當著憧憬的女生面前攤開真相，我再怎麼樣也不至於惡整她。畢竟我喜歡過她。」

嗯，我了解……一開始至少會想挑毛病……

為什麼不選擇跟我交往！被甩以後就會這樣想。妳那個男友沒有我好，所以妳不選我就是沒眼光！我會想這樣跟對方喊話。

這算是一種找證據的行為。並沒有要惡整對方的意思，而是忍不住就想找材料證明自己才是對的。

要說的話，男人被甩掉後做這種事或許很丟臉。完全沒有想過這種事的人聽了，或許會大罵：差勁透頂！

但我有過跟間島一樣的念頭，甚至實際採取了行動，所以我難免能理解他是什麼樣的心情。

後來我就發現了。

這種念頭是源自「喜歡」那個女生的感情。

沒有被選上的現實太令人難受，可是自己根本不敢惡整對方。

因為我希望自己喜歡的女生能保有笑容。

「真的想報復，就是我自己要成為一個有擔當的男人，讓對方後悔當初沒選我……應該這樣才對吧？所以，我才不會讓朱音在網路上受委屈——學長？」

我將雙手用力搭到間島的肩膀上。

眼裡不知不覺已經湧出淚水。

「我明白……！」

…………………

……

……

由於我對間島產生了共鳴，對話變得比原本預料的熱絡許多。

「我這副模樣常常引起誤解，不過，其實我本來是只會窩在家裡看漫畫玩電玩的御宅族。」

「真的假的！」

不曉得間島是發生了什麼才變成這樣。

「而且我也完全沒朋友……當我覺得自己該找個目標時，我家老爸就拿了一套講不良少年的漫畫給我看。因為他以前就受過漫畫影響，當過不良少年。」

「所以你才會在這年頭梳飛機頭？」

「對。被我老爸料中了，我完全迷上那部漫畫，就覺得這是自己要的路線……那種即使反抗體制也要貫徹自我的骨氣，從以前就讓我感到崇拜。」

憧憬動畫或漫畫裡的角色——說來是常有的事，當事人能夠藉此成長的話，那根本是再好也不過。

只是針對間島這種情況，我不得不認為他的品味有點獨特。

「我會喜歡朱音也是因為她在這方面打動了我。畢竟無論別人說什麼，她都不會扭曲自我，再怎麼誇獎也不會讓她順從……朱音就是帥在這裡。我這種條件想跟她交往根本沒希望，可是都快畢業了，不表明心意恐怕會後悔……哎，反正現在已經被甩得乾乾淨淨，我完全看開了。」

「原來如此……」

「我會成為前輩的粉絲，理由也是在這方面。」

「唔，怎麼說？」

我倒不覺得自己屬於「即使反抗體制也要貫徹自我」的類型。

「學長，你不是在影片裡談過嗎？你會回到舞台上，是出於報復心與對抗心。」

「啊～～……我是說過。」

我從記憶裡抹消了這一點，聽他提到才回想起來。

「剛才我說『要成為一個有擔當的男人，讓對方後悔當初沒選我』，就是受了學長的影響啊。在我心裡，那句話有著不可動搖的分量。」

「真的假的……」

我沒有自覺，不過影片的影響還真厲害。

「學長你們會盡全力去享受每一刻，不是嗎？在我看來，那就是在貫徹自己的行事作風。跟演藝經紀公司進行廣告比賽，還有拍紀錄片對抗八卦雜誌。雖然在現實中跟電玩不一樣，並沒有簡單明確的敵人，可是學長讓我感受到，你們是在『對抗無趣的現實』。因為帶頭對抗的就是學長，我才會變成學長的粉絲。」

咦，這傢伙是怎樣……

喂喂喂，雖然我剛才就隱約感覺到了……

「你這傢伙人超好的嘛！」

聽間島說到這裡就能了解。

或許我受騙的可能性並不為零。

但我相信自己的眼睛，也相信這傢伙。

我如此打定了主意。

「唔～～我真想讓那些動不動就拿球棒出來的同學，還有動不動就想算計我的人渣聽聽你這些話！」

「咦，真的有那種同學跟人渣存在嗎？」

「你會懷疑對吧？可是我告訴你，真的有啦！」

「是喔～～我有想過學長是不是過得超爽，沒想到還滿辛苦的耶。」

「就是啊！」

我一邊大力主張一邊回神想到。

為什麼這麼好的傢伙會被講成抹黑朱音的犯人？

「哎呀，話題扯遠了。間島，狀況為什麼會變成這樣？無論怎麼想，你都不會是犯人吧？」

「其實我也知道朱音遇到了大麻煩，就一直在打探犯人是誰。照我的推測，對方是跟我、朱音兩邊都有過節的傢伙……查到最後，我就找出來了。」

「對方是誰？」

「德山。」

「那個自稱是朱音粉絲的傢伙……！」

假如間島說的是事實，代表犯人已經混進了想保護朱音的群組。

「……對了，『有女生被間島威脅的錄音證詞』，就是德山提供的……」

「啊～～果然沒錯。我有想到事情會是這樣。」

間島應該不知道德山提供的錄音證詞。假如他知情，被老師叫去追究之前，應該就會先跑去揍德山了。

還有，那些老師將錄音來源告訴他的可能性也不高。說出來會造成肢體衝突是顯而易見的。可是間島一開口就能舉出德山的名字，這應該可以當成相信間島的一大憑據。

「朱音的那群粉絲都是德山在管，但是他最近被甩了。而且我跟那傢伙也有過節，我在大約半年前看見他霸凌別人的現場，就跟他打了一架。不過那傢伙家裡有錢，事情就被壓下來了。」

「咦，有錢就能把事情壓下來嗎？」

「據說德山家塞了一筆錢給被霸凌者的家長，以免事情外揚。我逼問過受到霸凌的當事者本人，他就招出來了。」

「真的假的……」

那個叫德山的傢伙是怎樣……太扯了吧……

「那、那他提供的錄音是？」

「那是大野的聲音吧。德山的女朋友。」

「不會吧……？」

「學長可以去確認看看喔。德山在其他年級還有女生的面前都會裝模作樣，問他們大概也打聽不到德山私底下的嘴臉，所以希望學長去問三年級，最好是跟男生確認。」

的、的確，我們在收集情報之際，接觸的幾乎都是跟黑羽、碧、蒼依有關係的人。她們三個認識的全是女生……即使有男生，也是她們三個認識的朋友間接介紹的熟人。

現在回想起來，向我們提供情報的學生當中，二年級男生就只有德山一個人。

等一下，要說是偶然的話……這未免太巧了吧……？被對方鑽了漏洞……？

「唔啊～～！」

我搔了搔腦袋。

照這樣聽來，假如間島所言屬實，我們根本就抓錯犯人了。這表示我們全被表面上的情報誤導了。

（出這種紕漏，感覺真討厭……）

以前我當童星時，從沒跟我講過話的人也曾經擅自看扁或稱讚我。我不太喜歡遇到那種事。

可是——我卻對間島做出了相同的事情。

（……先冷靜一下吧。）

現在尚未確定間島是對的。

只靠我難以下判斷，必須將這些情報分享給所有人，然後開會才行。

「間島，你之後有空嗎？老師那邊我會幫忙說明，請他立刻停止訓話。」

「當然沒問題。」

我急忙打了電話給在正門附近待命的哲彥。

＊

後來事情的發展急轉直下。

群青同盟聽了間島的說詞都跌破眼鏡，唯獨哲彥想過也有那種可能性就不太驚訝，但是偽證似乎讓他很不爽，所以他立刻動手收集起情報。

正好我們借到了美術工藝教室，就把這裡當總部，緊急召集支持朱音的群組成員。當然，我們依循間島的證詞，找來的是將德山與大野排除在外的班底。

群組成員趕著找了三年級男生打聽到幾項證詞，得到的結論是——

「看來德山與大野就是真正的主謀沒錯。」

哲彥說的話，讓在場成員都帶著嚴肅的表情點了頭。

「抱歉，間島。」

「對不起……」

「我們應該調查得更仔細呢……」

「不會不會，沒關係。學長姊能知道真相就夠了。」

我們就這樣解開了誤會而和解，並將受騙的怒火轉向德山與大野。

德山有加入群組，所以要騙他出來很簡單。

起初為間島準備的作戰策略全部被挪用，我們趕在當天就把德山叫到學校正門前把他圍住。

「這是怎麼回事——」

「——你要不要向所有人做個解釋？」

群青同盟與支持朱音的群組成員，總共超過十個人對德山施壓，一下子就讓他吐實了。

「被、被你們拆穿了又怎麼樣！誰教她要甩掉我！」

德山用手指了朱音。

「都是她……明明我還幫忙管理她的粉絲……」

「別因為被甩就在那裡婆婆媽媽！」

間島揪住德山，還勒住他的前襟往上提。

「少放屁，間島！你還不是因為被甩就發飆！」

德山也沒有服輸。他反過來揪住間島，形成相互對峙的局面。

「我是對那些偷看的傢伙發飆！又不是針對朱音！」

「幾乎沒兩樣吧！」

「你真的是個心胸狹窄的傢伙！才會動不動就霸凌別人！」

「我沒有霸凌別人！那是在跟他們玩！」

「不懂別人痛苦的臭傢伙！混帳東西！」

「動不動就扁人的你才是混帳吧！」

啊～～啊～～吵成這樣真夠慘的。他們揪著彼此開始用頭互撞。

但是在說詞方面，我完全站在間島這一邊。

霸凌人還辯稱在玩，就算是說笑也不能饒恕。

「間島，你可以先停下來了。跟這種傢伙講道理，只是自找麻煩。」

「學長……」

我搭肩制止以後，間島就變得冷靜，並且將德山推開。

「你說什麼！瞧不起人嗎！」

德山轉而伸手揪住我。

之前還可以視為同學吵架而了事，但是群青同盟的成員看我被揪住，都準備要對付德山。

然而——有人先採取了行動。

「住手。不要對晴哥動粗。」

「志田……朱音……」

朱音拉住德山的手臂後，他就放鬆了力氣。

對方眼眶濕了。德山喜歡過朱音……不，我直覺感受到他現在也還是喜歡朱音。

「我是因為——」

幾乎在德山開口的同一時間，朱音對他說：

「我不知道你是誰，但是趕快把你的手從晴哥身上放開。」

「……咦？」

我拍響自己的額頭。

朱音那種無自覺的殘酷，應該在現場形成了一種強烈的嘲諷。

這個叫德山的男同學幫朱音管理粉絲，還向她告白過，朱音卻連名字都不記得。對朱音來說，她始終把對方當成不值得記住名字的人。這就是現實。

「志田……朱音……！」

德山用冒著血絲的眼睛瞪向朱音。

我感覺到有危險，就從朱音背後搭住她的肩膀。

「先告訴你，群青同盟決定讓朱音成為準班底了。碧和蒼依也是。假如你打算繼續對她們造成危害——群青同盟就會對付你。做好心理準備吧。」

「晴哥……」

朱音應該是覺得我說話很可靠吧。

她紅了臉，把自己的手悄悄地疊到我擱在她肩膀的手上。

「哎呀呀～這傢伙在最後補了傷害最強的一招。」

哲彥嘀咕著莫名其妙的話。

不過那只是我無法理解，他算是在陳述事實吧。

「啊……啊……」

德山跪到地上。從他傷心的表情看來，似乎是沒有力氣反擊了。

有關朱音的騷動就這樣宣告結束。

＊

隔天放學後，間島表示想跟我見面，因此我走進了車站附近的漢堡連鎖店。

畢竟間島的外表是那副調調，我還懷疑他是否會準時到。早了五分鐘赴約以後，卻發現他已經到了。

「啊，學長，辛苦了。」

「你來得好早。」

「總不能讓學長等啊。啊，趁著還沒忘記，這是我說過要推薦的遊戲，請收下。」

「你怎麼留那種髮型還這麼有禮貌啊……」

間島將放在可愛包裝袋的電玩軟體遞給我。

對喔，以前的不良少年很講究上下關係吧。他大概是受了那種影響。

我只買了飲料，然後坐到間島的對面。

「所以，你今天找我出來有什麼事？」

「首先要向學長報告，德山對朱音眷戀很深這件事因為昨天那樣曝光了，他就被大野放生了。具體來說，大野已經坦承『錄音檔內容是德山拜託她錄的假證詞』。」

「啊～～果然是那樣嗎？」

雖然在昨天那個時間點就知道那肯定是假證詞，但當事人願意招認便是萬幸。

「因此德山現在的風評變得很淒慘。要是他敢再對朱音做什麼，頭一個會被懷疑的就是他自己，所以他應該不敢輕舉妄動。」

「是嗎？那太好了。」

朱音她們的安全比什麼都重要，能顧全這一點就是最棒的成果。

「除了德山與大野，我想還有其他人在網路上講朱音的壞話，不過學長那時候對德山撂過狠話嘛，應該就是那句話見效了，感覺他們現在都安分很多。」

「狠話？」

「學長說群青同盟會對付他啊。」

「喔，那句啊。」

將碧、蒼依、朱音納為群青同盟準班底的做法發揮意義了。群青同盟能成為她們的後盾，那當然是再好不過。

「接下來我要跟學長談的就是正題了——」

「什麼正題？」

「丸學長，原本我說過自己是你的粉絲嘛。」

「對啊，你是說過。」

「所以——」

間島突然把額頭貼到桌上。

「丸學長，希望你能收我當小弟！」

「啥啊～～～～～～！」

我不禁大聲叫了出來。

「我想成為大咖！所以我想跟身為大咖的學長求教！」

周圍開始有人注意我們這邊，彷彿在好奇出了什麼狀況。

梳飛機頭的男子把頭低到幾乎能在桌面上摩擦——這算震撼力驚人的景象吧。因此我的立場更加惡化了。

『他們在做什麼交易？』

『那個男生，該不會是小丸吧？』

『人不可貌相耶，他居然會收不良少年當小弟……太讓人失望了……』

我聽見了這樣的交談聲。

「等等！」

我急忙讓間島抬起臉。

「總之你別這樣啦！」

「那麼——」

「呃，我不太懂收小弟是什麼概念，而且我也不想要。」

「是、是嗎……真遺憾……」

「不過，我已經知道你並不是個壞傢伙，所以我們偶爾約出來吃個飯吧。」

「可以嗎！謝謝學長！希望學長以後就直呼我的名字，我叫陸！」

「知道了啦，陸。」

因為這樣，儘管陸並不是我的小弟，卻成了類似小弟的存在……然而——

「話說，學長好好喔……被那麼多美女包圍，又超受歡迎……像我根本就……」

跟陸聊著聊著，我就變成單純聽他吐苦水的那一方了。

「可貴是可貴啦……我這樣也會有迷惘就是了……」

「啊～～學長在猶豫那三個女生要選誰才好嗎？」

「不、不是！我沒有那麼自以為了不起！」

「不管學長有沒有自以為，我昨天看了一眼就感覺是這樣耶。不過，學長會迷惘也是難免的吧。」

「你這麼認為？」

「哎，請學長當成是喜歡群青同盟的男國中生在瞎扯就好，不過坦白講，那三個人都比紅不了的偶像還要有魅力。能夠毫不猶豫做出選擇的人，肯定是喜好特別專一吧？畢竟這說起來就像被偶像團體的人氣前三名同時追求，誰做得出選擇啊。假如我處在跟學長一樣的狀況……啊～～果然是選不了嘛……」

「原來你能理解嗎！」

我使勁握拳。

「就是這樣，她們三個都太有魅力了！三個人都是配我會顯得可惜的好女生！在我人生裡肯對我示好的女生當中，感覺第一、第二、第三名已經被她們一口氣占走了！」

「那三個人的話，學長會這麼想也是難免啦。」

「但是最近我受到規勸，說半推半就地接受女生色誘是不老實的……」

陸歪過頭，彷彿在向我表示：這是什麼話？

「不對啦，如果被那三個人追求還能坐懷不亂，不就等於毫無性慾了嗎？有那種人的話，我會叫他先去醫院看病啦。」

「對！就是你說的那樣！可是我不老實也是事實……」

「學長說的倒也是。那樣的話，就算是暫時性也好，學長是不是只能跟她們保持即使被色誘也不至於守不住的距離了？」

「啊～～果然只能這樣了嗎……」

「哎，雖然我不太懂狀況啦。總之那對我來說是奢侈的煩惱，令人羨慕。啊，我這裡有一款美少女遊戲的男主角處境跟學長差不多，還是下次我拿來借給學長？」

「真的嗎！太感謝你了！」

「雖然男主角在絕大多數的劇情線都會被捅刀死掉。」

「沒救了嘛！」

我就這樣糊里糊塗地跟陸變得要好了。

＊

——末晴哥，一下下就可以了。能不能請你也看看我？

說過這句話以後，我一直深陷於自我嫌惡的情緒。

（我怎麼會說出這種話……更重要的是，我的心思該不會被發現了吧……？）

一想到這裡，我的腳就會發抖，還沒辦法好好看末晴哥的臉了。

假如我的心思不慎傳達給末晴哥了，我希望能收回那句話……假如可以靠謊稱失憶把整件事一筆勾銷，我真希望自己能那麼做……

我正在思索這些。

因為——

『來，你不要動喔。』

在我腦海裡浮現的是末晴哥差點跟黑羽姊姊接吻那一幕。

我明白，末晴哥仍遲遲無法挑出一個對象。可是黑羽姊姊的追求攻勢巧妙，又太過吸引人，使得末晴哥即將淪陷，所以他們才會發展成那樣。

放著不管的話，或許末晴哥就跟黑羽姊姊配成一對了。

我本來就希望他們倆可以在一起。至少，我覺得那樣會比末晴哥跟可知學姊或桃坂學姊在一起要好得多。

黑羽姊姊在末晴哥的身邊待得比誰都久，也付出了比誰都多的努力，由她跟末晴哥湊成一對是理所當然的結局。

正因如此，我才會一直支持黑羽姊姊，這次卻主動打擾了他們。

『哇～～哇～～好厲害～～！』

我的朋友之所以會提高音量干擾他們接吻，是因為有我從旁誘導。我沒有勇氣自己發出聲音，只好算準時機讓朋友目睹那一幕，引誘她出聲打斷他們。

從他們倆差點接吻就可以曉得，至少我現在絕對贏不過黑羽姊姊。對末晴哥來說，我大概連戀愛對象都根本算不上。

這讓我感到不甘心，因而忍不住要求末晴哥看看我，可是我因嫉妒而說出來的話也很過分。

——末晴哥明明還把其他女性放在心上，態度卻半推半就，到底是不老實。

我真的是一個性格惡劣的人。

畢竟我有感覺到，因為我說末晴哥不老實，使他陷入了自我嫌惡的情緒，而且變得更想與三名女性保持距離。可是比起內疚，我更覺得自己也開始有勝算了，還為此感到竊喜。

因為局勢變成了三強鼎立後才出現的新的可能性。

——同歸於盡。

「或許我趁現在就可以得到漁翁之利」。

有那麼具魅力的三個人在，年齡差距大還只被當成妹妹看待的我絕對不可能被選上。

但是末晴哥現在誰都不選了，陪他做戀愛諮詢的我距離最近，因而湧上來的感情，是喜悅。

我的良心有受到苛責。我認為這是不應該的感情，但是朝我遞來的果實卻太過甜美。

正因如此，目前我不希望被末晴哥知道自己的這份情意。

我會陪末晴哥做戀愛諮詢，是因為自己對末晴哥的情意沒有被他發現。萬一我的心思被發現了，末晴哥應該就會像對待那三個人一樣，也跟我拉開距離。

「就是因為不覺得有戀愛感情存在，距離才會隨之拉近」。

目前的狀況正是如此。

所以我在想，現在必須刺探末晴哥是怎麼解讀我說過的那些話。

「蒼依，妳來一下好嗎？」

當我思索這些的時候，黑羽姊姊找我說話了。

黑羽姊姊希望我跟她到房間裡，所以我就跟在她後面進了房間。

「黑羽姊姊，有什麼事嗎？」

「蒼依，妳不用太介意自己對小晴說過的那些話喔。」

「……咦？」

「『請你多看看我』……小晴在想是不是最近自己在群青同盟太忙了，才會讓妳感到寂寞。他誤以為妳是這個意思，所以妳不用為了這句話煩惱。」

「──！」

我的頭腦大感混亂。

請你多看看我──首先，我對末晴哥說過這句話的事實被黑羽姊姊知道了，就讓我受到強烈衝擊。從她的語氣聽來，恐怕是末晴哥告訴她的吧，不過那樣也讓我很想放聲大叫。

而且從口氣判斷，黑羽姊姊正確地看穿了我對末晴哥抱持的情感。

最不想被知道的事情被最不應該知道的人發現了。

我不曉得該怎麼承受這件事，只感到頭暈目眩。

「蒼依，妳的心情，我自認大致能了解。」

黑羽姊姊好像是為了讓我鎮定，就緩緩地告訴我。

但我的心慌仍無法平息。

「果然……因為黑羽姊姊察覺到了，之前來學校的時候才會故意跟末晴哥牽手，還當場發動追求攻勢給我看，對不對？」

原本我以為黑羽姊姊會做得更低調。她選擇了「只有我看得出來的時間點」出手，也一直讓我感到掛懷。

「嗯，沒有錯。」

「黑羽姊姊就是用這種方式，在對我發出『別介入』、『死心吧』的警告之意……」

我有感受到。但是，我怕得不敢去思考，所以我一直視而不見。

黑羽姊姊露出了為難的表情。

「唔～～蒼依，妳是那樣解讀的啊。也難怪啦……」

「還有其他的解讀方式嗎……？」

「有啊。我呢，只是在確認妳有多少覺悟。『我目前跟小晴的關係大概是這樣。蒼依妳知道自己的處境嗎？』這是我想對妳提出的疑問，希望妳藉此好好思考自己的心意。如果妳有所覺悟就無妨，但如果沒有，我認為妳走這條路會太坎坷。反過來講，我並沒有更深的用意。」

「但是，黑羽姊姊在生我的氣吧……」

「生妳的氣？為什麼？我根本沒有責怪妳的意思，也沒有資格那麼做喔。即使說是姊妹，我們又不是同一個人，彼此會出現意見分歧，也會有一致的時候。我認為就只是這樣而已。」

「黑、黑羽姊姊，我……」

我不知道該說什麼。但是，我受到內心驅策，不管是什麼話都好，我覺得自己非得從喉嚨裡擠出一些話才可以。

「聽我說，蒼依。」

「可是……」

「反正妳聽就對了。我呢，喜歡小晴。我從很久以前就很喜歡他，雖然不曉得這份感情是否會有回報，但至少我並不想後悔，所以正在努力用自認為最理想的方式付出。我自己是如此，所以能夠對妳說的話就只有一句。」

黑羽姊姊抬起臉以後，睜大了眼睛向我宣戰。

「——放馬過來。我可以當妳的對手。」

既無憤怒也無憎恨。

只是陳述事實。黑羽姊姊的話讓我有這種感覺。

「對我來說，所有喜歡上小晴的人都是競爭對手，但是我不會輸。無論誰來競爭，我都會光明正大接受挑戰，並且在最後贏給對方看。所以嘍，蒼依，妳不必在胡亂搪塞內心的想法以後，還責備自己喔。」

一回神，我已經流下眼淚。

不知道為什麼，淚水就是停不住。

「黑羽姊姊……！」

「妳可以喜歡上小晴，既不用搪塞也不用掩飾。只是，妳當然要有覺悟，因為我是一步也不會退讓的。」

黑羽姊姊對我眨了眼。

（……啊，我懂了。我一直覺得難受，對於掩飾自己的心意。）

我好高興自己這段戀愛得到了黑羽姊姊認同，所以眼淚才會盈眶。

對黑羽姊姊來說，讓我產生戀愛的自覺還積極採取行動，都只會帶來壞處。

但是她願意認同我，她願意接納我。

黑羽姊姊果然是我崇拜的對象——

我拿出手帕，擦掉眼淚。

「謝謝妳，黑羽姊姊。我會接受妳的好意，試著照自己的想法去做。」

「嗯，那就好。不過呢——」

黑羽姊姊把手肘擱在書桌，托起了腮幫子。

「不知道小晴能不能承擔耶……畢竟他有莫名自卑的地方，要是有更多女生向他示好，總覺得會讓他走上歪路，真怕他失控……」

「啊哈哈……唔～～似乎有可能耶……畢竟他是末晴哥啊……」

「就是嘛～～」

明明彼此變成了競爭對手，我卻跟黑羽姊姊互相笑了起來。

或許旁人看了會說這是種奇妙的關係。

是姊妹，又是競爭對手，居然還感情和睦。

就算這樣，我覺得別人要怎麼說都無妨。

因為我好喜歡黑羽姊姊，而黑羽姊姊肯定也願意喜歡我。

＊

那天放學後，末晴將黑羽、白草、真理愛召集到了社辦。

我有點事想談，能不能請妳們在社團活動開始前提早到社辦——他是這麼告訴她們的。

末晴當面開口：

「妳們三個都很有魅力，但我就是因為這樣才會態度搖擺，又不老實，很抱歉造成大家的不愉快。」

「小晴，你怎麼突然說這些呢……？」

「怎麼會，小末……」

「末晴哥哥，你何必這麼自責……」

「不，妳們都對我太溫柔了，雖然我很感激……可是正因如此，我更覺得自己不能耽溺於其中。」

末晴毅然說道：

「所以——我們之間，要不要暫時保持距離？」

「嗯……？」

「咦……？」

「咦……？」

她們三人露出動搖的模樣，差點讓末晴的心受挫。

但末晴認為不老實並非好事，自己必須貫徹初衷，就緊緊握拳。

「妳們當然都是我寶貴的好朋友！所以我希望能像過去一樣在群青同盟和睦相處，也不會改變態度！但我在想暫時保持一段距離會不會比較好！我不振作點的話，對妳們三個都是很失禮的！……抱歉，說得這麼突然。但是我已經打定主意了……請妳們接受。」

內心尷尬的末晴匆匆離開社辦。

被留下的三個女生經過漫長的沉默——都發出了尖叫。

「等一下啦～～～～～～！」

「怎、怎怎怎、怎麼會這樣～～～～～～！」

「到底出了什麼狀況嘛～～～～～！」

失了魂的三個女生趴到桌上。

一直持續到玲菜為了準備開會而開門進來為止。

終章

＊

哲彥走進社辦，就發現黑羽、白草、真理愛的表情都死氣沉沉。

末晴的言行也不對勁，表情僵硬，而且都不跟女性成員對上視線。

（照這樣看來，他們幾個發生過什麼……）

哲彥瞬間察覺了，但他也希望避免事情被攪和到無法挽救的地步。

因此哲彥只有簡潔地對必辦事項做出決策，就早早讓社團活動結束並宣告解散。

然後，他找末晴搭話，並問出末晴做了些什麼。

（原來如此……）

得知來龍去脈的哲彥理解了。

那三個女生各自用甜美的誘惑把末晴耍過頭了。

跟末晴分開後，哲彥感到傻眼並在放學回家路上思索今後的局面時——突然有電話打來了。

「……誰啊？」

通訊錄裡沒有的號碼，只知道對方也是打手機。

「……哎，也罷。」

人煙稀少的堤防路段。反正也沒事可做，哲彥決定接聽看看。

「喂？」

『嗨，甲斐學弟，我是阿部充。』

哲彥立刻掛了電話。

他嘆了氣，然後捏了捏眉心讓心情平靜下來。

可是手機又響了。

（這下子不理他大概會被糾纏到沒完沒了吧……）

哲彥一想到阿部那張假惺惺的笑臉就生厭，可是把煩心事攬在懷裡不合他的性子，因此他決定盡快講完電話。

「唉……喂？」

『幸好，你又接起電話了。』

「即使我設拒接來電，學長也會換方式一直打過來直到我接吧？」

『謝謝，你滿了解我的耶。』

「我並不是想了解才了解的……夠了。多說多麻煩，有事找我的話，能不能請你趕快說？」

『奇怪，你不問我電話號碼是跟誰要到的嗎？』

「我靠直覺猜的，可知吧？」

『你果然厲害。猜對了。』

「至於要談的話題，學長也是從可知那裡聽來的吧——我猜啦。畢竟，她剛才一副死氣沉沉的臉。」

『其實正是這樣沒錯。我從白草學妹那裡聽到了許多事，卻完全想不出局面為什麼會發展成這樣。所以我就跟她說：把甲斐學弟的電話號碼給我的話，我可以幫妳問問看喔。就這樣打了電話給你。』

哲彥不打算跟對方長聊，就一面側眼看著河川一面說出自己所知的內情。

『……原來如此。丸學弟有他笨笨的地方，不過道德觀還是正常的嘛。每次被三個女生展開追求，他都會笨笨地收到吸引——但其實每次都有抱持罪惡感，一再反覆累積以後，蒼依的不老實發言就變成導火線，使他良心所受的苛責來到了極限。』

「末晴會做出『暫時保持距離』這個結論，好像也有受到那個叫作間島陸的國中生影響就是了。」

『啊～～事態膠著以後，有時候聽關係較淺的人出意見，感覺是會比親近的人更客觀而值得參考。』

哲彥深深地嘆了氣。

「還有，假如末晴是會樂在其中的那種人，事情就不會搞成這樣了。該說他有處男性格的潔癖心理嗎？還是做人意外地守規矩，他還說自己已經得到太多太多，所以非得一一奉還之類的蠢話。」

『哎呀，他又不是你，要樂在其中實在有困難吧？別說丸學弟笨，他做的這些行為反而能讓我感受到誠懇。』

「錢也就罷了，感情不可能得到多少還多少啦。更何況戀愛就是互相拋出濃烈的情感啊。要我說的話，末晴那套說詞會被我評為『交往前沒必要想，交往後再去想』的一段話。」

『對啊，或許要等交往後再去思考，這可以理解。彼此又沒有交往，處在被好幾個女生愛慕的情況下，想回報她們的感情是辦不到的。』

「哎，末晴對她們三個的好感都深得希望能交往了，大概就是這一點適得其反吧。假如末晴只有認識三個女生之一，我想他肯定就跟那個女生在交往了。」

『但實際上是他認識了她們三個人，而且形成了三強鼎立的局面。結果現在弄成這樣可以說是同歸於盡。只看結果的話，似乎沒有人是贏家。』

哲彥思索了片刻。

「嗯～～看起來確實是這樣，但也稱不上輸啊。不，反倒是她們三個人都持續祭出了足以致勝的猛招，才會造成現在的局面。哎，就我所知，這次感覺是陪末晴準備考試的可知抽中了最幸運的一支籤。」

『跟粉絲團那時候的判斷相反嗎？粉絲團那一次，你是認為聯手才造成她們三個人落於消極被動，結果就變成和局平手吧？』

「是啊。這次她們完全沒有聯手，還各自祭出有效的手段。假如只有一個人出手，另外兩個人都發呆旁觀，說不定就分出勝負了，但事情沒有那麼便宜的嘛。」

哲彥停了一拍，然後繼續說道：

「只是——」

『只是？』

「雖然還不明顯，我覺得或許在意外的地方會出現第四個候補人選。」

『第四個……？』

「沒錯。目前只算候補的候補，不過從我聽到的說法，那個女生周旋得很精彩……坦白講，有點讓人佩服。」

『……你說的是誰呢？』

「嗯～～這一點先讓我賣個關子。因為我不想給她造成壓力。」

『……我明白了。即使不問清楚，假如她能跟白草學妹等人並駕其驅，到時候我自然會知道吧。』

「就是這麼回事。」

對於蒼依，哲彥希望再觀望一下狀況。

他有察覺到那個女生的心意，但是立場顯然難以跟其他人競爭，也看得出那個女生正在為此苦惱。

視情況演變，蒼依在精神方面也有可能走上歧路。為此哲彥判斷應該讓她靜一靜。

『我換一下話題，志田學妹的幾個妹妹都成為群青同盟的準班底了，這是不是都在你的計算之內？』

哲彥踢了路邊的小石頭。

「那是碰巧。我本來希望之後能讓她們加入。不過，感覺像天上掉下來的禮物。」

『以往你都沒有讓別人加入，為什麼她們就ＯＫ呢？』

「別看我們同盟這樣，團結度與均衡都滿理想的，不能隨便讓閒雜人等加入固然是這件事的大前提，但以結論來說——當然是『因為她們可以從各方面添增趣味』。」

阿部扶了額頭。

『該怎麼說呢，你依舊是只要事情有趣就什麼都無所謂……』

「先跟學長聲明，她們都還是國中生，我再怎樣都會有顧慮喔。在當事人同意前，我不會讓她們露臉，而且是期程有餘裕才會找她們幫忙，預定上頂多這樣。」

『但是你給我以培育火種為樂的感覺……』

「嗯，這我不否認。」

電話另一端傳來了阿部嘆氣的聲音。

『不過志田學妹的妹妹們就這樣成為群青同盟的一分子了。群青同盟因此逐步壯大，稍微改換觀點的話，會覺得簡直像是以你為主角的戰略ＳＬＧ遊戲。』

「哦～～學長真會妄想耶。」

『好啦好啦，讓我妄想一下又何妨。換句話說，起初你是在缺乏人才，國力也低落的地方起步，目標則是打倒瞬老闆率領的赫迪經紀公司這個大國。不過你在各種意義上都缺乏實力，怎麼掙扎也無法跟他對抗。』

「…………」

『但是呢，雖然不知道你是否有刻意為之，你找到了丸學弟這個具備最強攻擊力的人才。你為了自己的目標，無論如何都想要他的力量。一開始，丸學弟處在無法發揮實力的狀態，所以你才先把力氣都花在幫助他振作。」

「還真是內容愉快的妄想。」

『對吧？接著就是要進一步蒐集人才。從形象來看，白草學妹屬於智力高的軍師，志田學妹則是政治力高的內政專家吧？你不僅悄悄地找到了以輔佐而言能力優秀的淺黃學妹，還獲得了桃坂學妹這位智勇雙全的名將。這樣一來，主要的人才就到齊了。』

「…………」

『然後你腳踏實地跑任務，逐步提升知名度。一面擋下針對丸同學往事的攻擊，一面還能拉攏到全日通的人脈並予以反擊。透過與校內社團對抗，你也把粉絲團納入旗下，出狀況時可以聚集到的人手就更多了。之前的話劇表演讓桃坂學妹進一步成長，還打探到了敵方出招的方式。到了這一次，志田學妹那幾個堪稱精銳的妹妹也加入了，使得同盟的實力更為增長。現在，你是不是正在猶豫呢？究竟要向設為目標的大國發動攻擊，還是儲備更多實力。』

「哎呀呀，妄想到這種地步也算可圈可點嘍。學長，與其當演員，你不如把志向改成當一名遊戲製作者吧？我認為學長既然能考上慶旺大學，就十分有可能進電玩公司喔。」

『我會等進了大學以後再慢慢考慮。』

「唉，已經考上的人就是這麼有餘裕，令人羨慕。」

『過獎了。不過我也不是沒有餘裕，所以如果你開口求助於我，我倒可以積極考慮喔。』

「不需要。」

阿部嘻嘻笑了。

『你真是不坦率耶。』

「哪裡哪裡，這可是我坦率到不行的意見！」

『也好。那我最後再問一句。』

「可是我已經想掛學長電話了耶。」

阿部無視於威脅，又繼續說道：

『我是想談剛才那些妄想的後續。「當目標達成的時候，會有什麼收穫嗎」？遊戲破關的話，倒還有結局可以看。』

「誰曉得。」

哲彥說完這句就切斷了通話。

因為他沒有任何義務要告訴對方。

*

聽末晴表示「希望保持距離」的隔天放學後。

黑羽、白草、真理愛聚集到往常那間設有英式風格庭院的咖啡廳包廂。

「謝謝妳們倆都願意赴會。」

召集人是黑羽。

白草與真理愛都存著戒心，臉上卻顯露出比那更濃厚的疲倦之色。

「看來妳們倆都大受打擊呢。」

「志田同學可沒資格說這種話。」

「不過，白草學姊看起來也沒有說別人的餘裕就是了。」

「彼此彼此，桃坂學妹。」

「——停。」

黑羽打斷了她們。

冷靜的語氣讓白草和真理愛閉上了即將回話的嘴。

「能不能請妳們別在這時候吵？以狀況來看應該是三方平手。吵架以後讓小晴保持更遠的距離就傷腦筋了……我有說錯嗎？」

「……雖然不甘心，但是志田同學說得對。」

「人家了解了。」

黑羽看白草和真理愛都冷靜下來，才緩緩地跟她們說：

「我想妳們倆大概也是因為『被小晴保持距離』而受了刺激，不過冷靜想想會發現『小晴就是把我們都放在心上，才會決定暫時保持距離』……對不對？」

白草撫弄垂在肩膀的秀髮。

「我知道啊。可是不能隨意接近他，確實也造成了困擾不是嗎？」

「正是因為末晴哥哥感受到我們的魅力，才會被迷得團團轉……所以說，目前已經用盡手段……以往一再積極展開攻勢的黑羽學姊其實是最焦慮的吧？」

黑羽臉色不改地告訴對方：

「焦慮是無法比較的，所以我對此無可奉告。可是，『我並非沒有手段可用』。」

白草現出銳利目光，真理愛徐徐地交握雙掌。

「所以這就是妳今天找我們來的理由？」

「事到如今，黑羽學姊若還有手段何不說來分享。」

黑羽只做了一次深呼吸，然後開口。

「狀況會演變成這樣，原因在於我們同時把小晴逼太緊了。這導致了他的退縮。我在想，『那我們只要反向操作就行了』。」

白草與真理愛的臉上冒出緊張之色。

黑羽緩緩把身體向前傾，並且告訴她們：

「具體來說——就是『由我們三個同時把小晴甩掉』，如何？」

「「！」」

白草與真理愛為之驚愕，而黑羽和氣地朝她們微微笑了笑。

後記

大家好，我是二丸。

我想很多讀者已經知道了，本作的動畫將從二〇二一年四月開始播放！等到這本書送達各位手邊時，應該是即將開播或正在播放中！所幸有傑出的工作人員投注心血為本作製作動畫，請各位務必要收看！

那麼，這次第7集上市與第6集間隔的時間非常短。本作從二〇一九年六月開始，一直規律地保持每四個月出版一集，但這次兩個月就出版了。

話雖如此，請大家放心，執筆期間幾乎沒有改變。因為製播動畫一事是在滿久以前就已經決定好了，我是靠著一點一點預先積稿才能像這樣提早出版期程。

至於為何要這樣做，是因為觀眾看了動畫大有可能成為本作的讀者，編輯便向我提議了。對作品賣不好的期間較久的我來說，有此機會怎能錯過！基於這股拚勁，我趕著將故事寫出來了。

儘管第7集的焦點放在全體女主角身上，推動故事的主軸卻是蒼依與朱音這對雙胞胎。我規劃過長期來看必須有的鋪陳，每一集都各自定有主題，但是以蒼依與朱音為重心，即使我認為這是必要的安排，可能還是會讓讀者覺得故事偏到了支線。因此我本來就想盡量加快步調推出這一段劇情，能得到機會順勢達成實屬幸運。我從以前就希望在四姊妹當中，對黑羽以外的姊妹多著墨，而這促成了外傳漫畫《鄰家四姊妹絕對溫馨的日常生活（暫譯）》出現（漫畫：葵季むつみ老師。故事採一話完結的形式，好讀又有趣，請務必看看！），在這集裡頭也描寫了不少，相當令人開心。尤其能在這次確實談及第三集深入刻劃過的蒼依與朱音的內心，讓我慶幸本作能成為長期連載系列。如同我自己寫得開心，若各位在讀這段文章的當下也能感到開心，我想那真的會是一大樂事。

另外……對了對了，本作似乎會推出更多種類的精品！種類多得讓人驚訝：連這種都有啊！雖然我也會擔心各位真的願意買嗎……但只要大家開心就無所謂！我會抱持這樣的心態。

最後，聲援我的各位讀者、黑川編輯、小野寺大人、繪製插畫的しぐれうい老師，誠摯感謝你們！為了讓第8集也能盡快推出，我會努力的！

二〇二一年　二月　二丸修一

下集預告

OSANANAJIMI GA ZETTAI NI MAKENAI LOVE COMEDY

「——由我們三個同時把小晴甩掉。」

黑羽的提議在白草與真理愛的心中造成漣漪。

她的真正用意是？企圖是？兩人煩惱後，結論出爐。

「我們之間——
要不要暫時保持距離？」

末晴打算先讓自己冷靜。
像過去那樣只顧進攻不會有勝算，
該怎麼做才能攻陷末晴呢……
致勝的一步會是什麼……
少女們準備執行各自相信的作戰。

另一方面，宣布要保持距離的末晴則是——

「我怎麼會說出
那種話啊～～～～！」

對自己的發言感到後悔。
何謂誠實？何謂公平？
煩惱，不知所措，
心思分歧到最後，末晴開口了。

「聽我說，小黑。
讓事情——就這樣結束吧。」

NEXT
SHUICHI NIMARU PRESENTS
VOLUME

決定命運的聖誕夜就這樣來臨。
這天，群青同盟接到橙花的委託，
要舉行由學生會主辦的慶祝活動。
眾人歡笑、嬉鬧，還有美少女們炒熱氣氛。

（我決定——）

在宴會中，黑羽做出覺悟。

黑羽的行動將會撼動聖誕派對，令全場驚愕。

「小晴，聽我說。

這就是我導出的答案。」

青梅竹馬絕對不會輸的戀愛喜劇 8

VOLUME:EIG

聖誕夜。

敬　請　期　待　！

三角的距離無限趨近零 1~7 待續

Kadokawa Fantastic Novels

作者：岬鷺宮　插畫：Hiten

我愛上的那個女孩體內住著兩個靈魂——
與雙重人格少女譜出的三角戀愛故事。

在跟秋玻與春珂談戀愛的過程中，我變得搞不懂「自己」了。春假期間，她們在旁邊支持我，陪我一起找尋自我。而人格對調時間逐漸縮短的她們同樣到了該面對自己的時候。跟雙重人格少女共度的一年結束，我得知走向終點的「她們」最後的心願——

各 **NT$200~220/HK$67~73**

轉學後班上的清純可愛美少女，竟是小時候玩在一起的哥兒們 1~2 待續

Kadokawa Fantastic Novels

作者：雲雀湯　插畫：シソ

無法滿足於哥兒們和兒時玩伴的身分，
想和對方靠得更近——

春希變得比以往容易親近，人氣指數直線上升；隼人也結交了男性朋友，因此兩人共度午休的機會越來越少。春希看到隼人和未萌無話不談的模樣，一股既似焦躁又像占有欲的情感在心中油然而生……春心蕩漾的青春戀愛喜劇，第二彈！

各 **NT$220/HK$73**

【好消息】我的不起眼未婚妻在家有夠可愛。 1~2 待續

Kadokawa Fantastic Novels

作者：氷高悠　插畫：たん旦

我與結花陷入了祕密即將穿幫的危機！
可愛又讓人心暖暖的戀愛喜劇第二集。

我與未婚妻結花一起度過的日子比想像中開心！時而在游泳池看她穿泳裝的模樣看得出神，時而來一場變裝約會，到了七夕更是兩人一起許下願望。然而，班上的二原同學令人意想不到地急速接近？我與結花的祕密即將穿幫！結花大膽的行為也愈演愈烈！

各 NT$200~230/HK$67~77

國家圖書館出版品預行編目資料

青梅竹馬絕對不會輸的戀愛喜劇 / 二丸修一作 ; 鄭人彥譯. -- 初版. -- 臺北市 : 臺灣角川股份有限公司, 2022.01-

冊 ;　公分

譯自 : 幼なじみが絶対に負けないラブコメ

ISBN 978-626-321-117-9(第5冊 : 平裝). --
ISBN 978-626-321-348-7(第6冊 : 平裝). --
ISBN 978-626-321-527-6(第7冊 : 平裝)

861.59　　　　110019020

Kadokawa
Fantastic
Novels

青梅竹馬絕對不會輸的戀愛喜劇 7

（原著名：幼なじみが絶対に負けないラブコメ 7）

2022年6月27日　初版第1刷發行

作　　者：二丸修一
插　　畫：しぐれうい
譯　　者：鄭人彥

發 行 人：岩崎剛人
總 編 輯：蔡佩芬
編　　輯：孫千棻
美術設計：莊捷寧
印　　務：李明修（主任）、張加恩（主任）、張凱棋

發 行 所：台灣角川股份有限公司
地　　址：104台北市中山區松江路223號3樓
電　　話：（02）2515-3000
傳　　真：（02）2515-0033
網　　址：www.kadokawa.com.tw
劃撥帳戶：台灣角川股份有限公司
劃撥帳號：19487412
法律顧問：有澤法律事務所
製　　版：巨茂科技印刷有限公司
ISBN：978-626-321-527-6